JN285063

谷口耕一 編

校訂 延慶本平家物語（九）

汲古書院

校訂延慶本平家物語㈨　目次

凡例

1 本書は大東急記念文庫蔵の延慶本「平家物語」全十二冊を底本として、なるべく読みやすく、かつ本文の原形を残すように翻刻した。

2 異体字は通行の字体に直し、新字体を採用した。㈤ページに異体字一覧を付した。

3 書写者の書き癖と考えられる字、崩し方によっては正字か誤字か判断がつきかねる字、及び異体字の一部は、左の（ ）内のように統一した。

○釼位（叙位） ○政ム（攻む） ○舟波（丹波） ○直乗（直垂） ○厚（原） ○苻（符・府）

4 明らかな誤字・脱字・衍字等は訂正し、頭注にその旨を記した。底本自体が本文を訂正している場合は、頭注でその旨を記す。

5 底本が本文に傍書、もしくは傍書補入している場合は、頭注に指摘した。

6 底本に設けられている、敬意を示す一字あきはそのまま残した。

7 濁点、句読点、「 」は校訂者が付した。

8 当字はそのまま翻字し、頭注に掲げなかったものについては、㈥ページに一覧を掲げた。改めた場合は頭注にその旨を断った。

9 底本にある振り仮名は、朱で記されているものも含めて、片仮名で翻刻した。

10 平仮名の振り仮名は、校訂者が加えたものである。底本には稀に平仮名の振り仮名があるが、それらは片仮名に直した上で頭注にその旨を断った。

11　底本は漢文訓読的な表記を多分に残す漢字片仮名交じりであるので、次のような操作を加えて、読みやすくした。

①引用や文書類の掲出など、長文の漢文については本文には返り点を付し、本文のあとに書き下し文（漢字平仮名交じり）を添えた。

②地の文の中にある反読表記については、校訂者が返り点を付し、また難読個所には振り仮名をつけるようにした。

〈例〉　可レ被二禁獄一《きんごくせらるべし》　豈夫《あにそれ》可レ然哉《しかるべけんや》

③訓点は現在の学校教育に用いられている方式で統一した。底本の返り点の間違いは直すが、頭注では断らない。

12　底本は、漢文訓読の送り仮名にあたる活用語尾や助詞、漢字の捨て仮名、振り仮名などを他の片仮名と区別して小さな字体で書く場合（いわゆる宣命書きに似た方式）が多い。しかし、その大小の使い分けは、書写上の条件とも関係しているらしく、翻刻に際して原状を完全に再現することは不可能に近い。そこで本書では以下のような原則によって処理した。なお原状を参照する必要のある向きは、影印本によられたい。

①捨て仮名は小字（8ポイント）とする。

②凡例11－②の返り点を付した場合、送り仮名は小字（8ポイント）とする。

〈例〉　近ク尋レ二我朝ヲ一者《ば》　不《ズ》レ従《シタガハ》

右の①②以外の片仮名は振り仮名を除き、すべて10ポイントとした。

13　底本には所々声点と思われる記号があるが、それらは本文の右側に下図のような番号を付し、頭注に表示した。

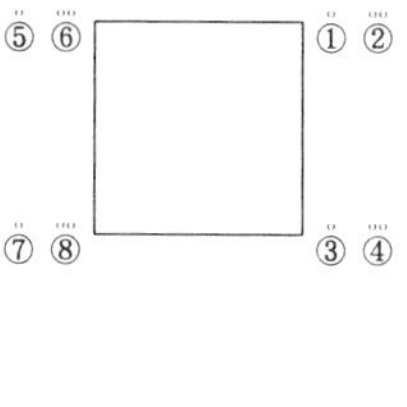

即ち①は文字の右上に点が一つある場合、②は点が二つある場合……ということを示す。

14 和歌・連歌・漢詩漢文・歌謡は二字下げに統一した。

15 一章段内での段落分けは校訂者による。

16 底本は各巻の目次に番号と章段名を掲げ、各章段の冒頭にあたる本文の行頭に番号を書き込んでいることが多い。本書は章段の冒頭部分に該当する頭注欄に、ゴチックで、番号と章段名を掲出して、見出しの代りとした。

17 底本は外題には「平家物語九」とあるが内題は「平家物語第五本」とする。本巻では便宜上、「巻九」の表示を用いることがある。

18 頭注は原則として見開き二頁ごとに1、2、3……の番号を付して、左頁の端に掲出したが、その範囲内で章段が変る場合には、章段ごとに掲出することとした。入りきらず次頁にわたる場合がある。

19 「御」「御坐」の訓みについては、「おはします」「おはす」両例が混在しており、本巻では確定できる場合にのみルビを付した。

20 脱落その他により解釈が困難な個所で、他の諸本が参考になる場合は、頭注にその本文を引用した。参照する諸本は以下の通りである。

長門本――『岡山大学本平家物語二十巻』福武書店刊（翻刻）

源平盛衰記――『源平盛衰記慶長古活字版』勉誠社刊（影印）

四部合戦状本――『四部合戦状本平家物語』大安刊（影印）

源平闘諍録――『内閣文庫蔵源平闘諍録』和泉書院刊（影印）

覚一本――日本古典文学大系『平家物語下』岩波書店刊（翻刻）

21 本書は、延慶本の正しい理解に役立てるために、広範な学問領域からの究明を可能にすべく公刊するものである。大学・大学院の演習や講読、輪読会のテキストなどに活用され、多数の、また多様な分野からの吟味が行なわれることを望んでいる。

22　本巻は、谷口耕一が担当した。校正、翻字点検などには栃木孝惟・松尾葦江・櫻井陽子・平野さつき・高山利弘・清水由美子・小番達が協力した。

23　出版をお許し頂いた大東急記念文庫に、御礼を申し上げる。

本巻における主な異体字一覧（通行の字体に改めたもの）

㐮→哀	悪→悪	鞍→鞍	叺→以	伊・伃→伊	吴・吳→異	逸→逸	刋→引	貟→員	隠→隠
咽→咽	叡・叡→叡	苬→園	猒→厭	菀→苑	煙→煙	渕→淵	徃→往	屋→屋	恩→恩
謌・哥→歌	卧→臥	觧→解	廻→廻	恠→怪	茢→苅	隔→隔	草→革	楽→楽	凾→函
巻→巻	開→関	顔→顔	竒→奇	騎→騎	籏→旗	鬼→鬼	冝→宜	蟻→蟻	鞠→鞠	逆→逆
弓→弓	究→究	叫→叫	興→興	况・兄→況	槗→橋	脇→脇	恐→恐	強・強・強→強	亰→京
僅→僅	駒→駒	勲→勲	契→契	形→形	景→景	藝→芸	决→決	釼→剣	股→股	壷→壺
誤→誤	肱・加→弘	髙→高	鴻→鴻	功→功	罡→岡	綱→綱	篝→篝	虹→虹	尻→尻
ヿ→コト	䰟→魂	座・座→座	坐→坐	蓑→蓑	歳→歳	㝡→最	哉→哉	殺・殺→殺	雜→雑
叅→参	筭→算	懺→懺	矢→矢	旨→旨	指→指	祗→祇	司→司	枝→枝	似→似	卌→四十
失→失	室→室	櫛→櫛	ソ→シテ	弱→弱	楯→楯	召→召	招→招	箱→箱	鞘→鞘	床→床
庄→庄	賞→賞	訟→訟	承→承	装・装→装	装→奘	場→場	親→親	寝・寝→寝	翠→翠

卋↓世　勢↓勢　莭↓節　舩↓船　蟬↓蟬　踈↓踈　桊↓奏　曺↓曹　漕↓漕　緫↓総　葱↓葱
桒↓桑　揁↓損　施・陁↓陀　躰↓体　才↓第　搦↓搦　澤↓沢　壇↓壇　耻↓恥　罝↓置
秩↓秩　広↓庁　脹↓張　輙↓輒　塚↓塚　沈↓沈　追↓追　才↓弟　逞↓逞　程↓程
迠・迠↓庭　點↓点　殿↓殿　圡↓土　投↓投　迯↓逃　ホ・等↓等　筒↓筒　冂↓同　洞↓洞
銅↓銅　鞆↓鞆　遁↓遁　南↓南　匂↓匂　濃↓濃　悩↓悩　嚢↓嚢　拝↓拝　䰟↓魄　鉢↓鉢
鬂↓髪　發↓発　叛↓叛　判↓判　轡・轡↓轡　斐↓斐　備↓備　弥↓弥　鵯↓鵯　憑・憑↓憑
濵↓浜　吅↓品　負↓負　ア↓部　凨↓風　聞↓聞　閇↓閉　瓶↓瓶　鞭↓鞭　峯↓峯　忘↓忘
皃↓貌　朢↓望　卄↓菩薩　卉↓菩提　没↓没　夲↓本　广↓磨・摩　漫↓漫　務↓務　无↓無
妄↓妄　沐↓沐　有↓有　用↓用　幼↓幼　様↓様　嵐↓嵐　裏↓裏　率↓率　掠↓掠　柳↓柳
流↓流　旅↓旅　涼↓涼　留↓留　亮↓亮　臨↓臨　鹿↓鹿

本巻に見られる主な当字（改めなかったもの）

浅猿（浅まし）　穴（あな—感動詞）　相フ（会ふ）　洗川（洗革）　糸惜シ（いとほし）　打輪（団扇）
浦見ヨ（恨みよ）　苑転（宛転）　憶ス（臆す）　燼（灰燼）　係ク・懸ク（駆く）　影（陰）　甲（兜）
河鰭（河端）　感陽宮（咸陽宮）　栝ル（潜る）　黄伏輪（黄覆輪）　切文ノ矢（切斑の矢）　機量（器量）
気装（化粧）　元歴（元暦）　甲（剛）　紅徽殿（弘徽殿）　心ザス（志す）　事人（異人）　小馬（駒）
猿衣（狭衣）　指ス（刺す）　真（核）　猿程ニ（さる程に）　塩（潮）　重藤・滋藤（重籐・滋籐）
師子（獅子）　信乃（信濃）　将基（将棋）　白伏輪（白覆輪）　陣（陣）　神祇（神器）　周房（周防）

陬磨（須磨）　駿川（駿河）　摂禄（摂籙）　双峨（双蛾）　草頭（瘡頭）　崇廟（宗廟）　責上ル（攻上る）
高屋倉（高矢倉）　絶ユ（堪ゆ）　追発（追罰）　手聞（手利）　凹反（天辺）　時（鬨）　殿原（殿ばら）
何条（何でふ）　抜グ（脱ぐ）　塗籠藤（塗籠籐）　幡摩（播磨）　引フ（控ふ）　兵杖（兵仗）
兵ド（ひやうど―副詞）　二所藤（二所籐）　不便（不憫）　万々（漫々）　美乃（美濃）　迎（向へ）
棟（宗徒）　目舞フ（目眩ふ）　以ツ（持つ）　奴原（奴ばら）　由伊ノ浜（由比の浜）　余党（与党）
冑（鎧）　歴博士（暦博士）　狼籍（狼藉）　和君（わ君）　和殿（わ殿）

平家物語　九

1　「三」、底本虫損。補った。

平家物語第五本

一　院ノ拝礼并殿下ノ拝礼無事

元暦元年甲辰正月一日、院ハ去年十二月十日五条内裏ヨリ大膳大夫業忠ガ六条西洞院ノ家ヘ渡《わたら》セ給。世間モ未ダ落ル二居一セ上《う》ヘ、御所ノ体《てい》、礼儀可レ被レ行所ニモアラネバ、拝礼モナシ。院ノ拝礼無リケレバ、殿下ノ拝礼モ不レ被レ行。内裏ニハ主上渡セ給ヘドモ、例年寅ノ一点ニ被《おこなはるる》レ行四方拝モナシ。清涼殿ノ御簾モ上ラレズ、解[1]陳《げちん》トテ南殿ノ御格子三間《さんげん》計《ばかり》ゾ上ラレタリケル。

1　「解」に声点⑧、「陳」に声点②

二　平家八島ニテ年ヲ経ル事

平[1]家ハ讃岐国屋島ノ礒ニ春ヲ迎テ、年ノ始ナリケレドモ、元日元三ノ儀式コソ事宜シカラネ。先帝マシマセバ主上ト仰《あふぎ》奉ドモ、四[2]方拝モナシ。節会モ行ハレズ。氷《ひ》ノタメシモ奉ラズ。鰚[3]モ奏セズ。「世乱《みだれ》タリシカドモ、都ニテハ

1　この章段には章段の始となる「二」という数字は記されていない。
2　「四方拝」、底本「拝」脱字。補った。長門本・盛衰記「四方拝」
3　「鰚」に「鮭歟」と傍書。長門本「鮭使」、四部本・盛衰記「鮭」、闘諍録「鮭」

サスガニカクハナカリシ物ヲ」ト恋シクゾ思食《おぼしめさ》レシ。青陽ノ春モ来《きたれ》[1]ドモ、浦吹風モ和《やはらか》[2]ニ、日影モノドカニナリユケドモ、平家ノ人々ハ寒苦鳥《かんくてう》ニコトナラズ、イツトナク氷ニトヂコメラレタル心地ス。東岸西岸ノ柳、遅速不レ同《おなじからず》、南枝北枝ノ梅、開落既《すでに》異ナリ、花ノ朝《あした》、月ノ夜、詩ヲ作リ歌ヲヨミ、鞠、小弓、扇[3]、サマ〴〵ノ興アリシ事共モ思出テ、語合テ、長キ日ヲイトヾクラシカネ給ヘルゾ哀ナル。

1　「来ドモ」、長門本「来て」、覚一本「来り」
2　和ヤハラカナリ（類聚名義抄）
3　「扇」、長門本・闘諍録・盛衰記・覚一本「扇合」

三　義仲為平家追討欲下西国事

十[1]日、伊与守義仲、平家追討ノ為ニ西国へ可二下向一之由奏聞シケリ。被レ仰ケルハ、「我朝《わがてう》ニ神代ヨリ伝ハリタル三種ノ宝物アリ。即《すなはち》神璽、宝剣、内侍所是《これ》也。無二事故《ことゆゑなく》一都へ返シ入奉レ」ト被二仰下一ケレバ、畏《かしこまり》テ罷出《まかりいで》ヌ。已《すで》ニ今日門出スト聞《きこえ》シホドニ、東国ヨリ前兵衛佐頼朝、義仲追討ノ為、舎弟蒲冠者範頼、九郎冠者義経大将トシテ、数万騎ノ軍兵ヲ差上《さしのぼす》ル由聞《きこえ》ケリ。

其故者《は》、義仲朝恩ニ誇[2]テ上皇ヲ取奉リ、五条内裏ニ押籠進《まゐらせ》テ、除目ヲ行ヒ、摂禄ヲ改奉リ、人々ヲ解官シテ、平家ノ悪行ニ劣ラズ、朝威ヲ忽緒《ないがしろに》[3]シ奉ル由、頼朝被レ聞テ、「義仲ヲ差上《さしのぼ》セシ事ハ、仏神ヲモ崇奉リ、王法ヲモ全《まつたく》シ、天下ヲモ鎮メ、君ヲモ守奉ルベシトテコソ上セシニ、イツシカサヤウノ狼籍、奇怪也。既ニ朝敵トナリヌ」トテ、怒ヲナシ勢ヲ差シ上セラル。其《その》勢スデニ先陣ハ美乃国不破関ニ着ヌ。後陣《ごぢんは》尾張国鳴海潟マデツヾ[4]キタル由《よ》シ聞《きこえ》ケレバ、義仲是ヲ聞テ、宇治、勢多二《ふたつ》ノ道ヲ打塞《うちふさが》ムガ為ニ、親類郎従等ヲ分《わかち》テ遣ス。

平家ハ又福原マデ責上ルトノ、シル。

1　この章段には章段の始となる「三」という数字は記されていない。
2　「誇」、底本「袴」。誤写とみて改めた。
3　忽緒ナイガシロ（伊京集・黒本本節用集）
4　「キ」、底本虫損。補った。

四　義仲可為征夷将軍宣下事

十一日、義仲再三申請《まうしこふ》ニヨリテ、ナマシヰニ征夷ノ大将軍タルベキ宣下セラル。

五　樋口次郎河内国ニテ行家ト合戦事

同《おなじき》十七日ニ、備前守行家、河内国ニ住シテ有㆓叛心㆒之由聞ヘケレバ、義仲彼《か》ノ行家ヲ追討ノ為ニ樋口兼光ヲ差遣ス。其勢五百余騎ナリ。同十九日ニ石河ノ城ニ寄《よせ》テ合戦、蔵人判官家光、為㆓兼光㆒被㆓射取㆒ニケリ。行家、軍《いくさやぶれ》敗テ逃落テ、高野ニゾ籠ケル。生虜《いけどり》三十人、頸切懸ラル、者七十人トゾ聞ヘシ。

六　梶原与佐々木馬所望事

去《いんじ》十日、木曾冠者義仲ヲ追討ノ為ニ可キ㆓上洛㆒東国ノ武[1]士、若宮権現ノ鳥居ノ前、由伊《ゆひ》ノ浜ニテ勢ゾロヘアリ。其中ニ梶原源太景季、鎌倉殿ニ参テ申ケルハ、「御秘蔵《ひさう》ノ御馬トハ知マイラセテ候ヘドモ、生食《いけずき》ヲ給ハテ、京マデ引セ候《さうらは》バヤト存ジ候。アレヨリツヨキ馬ハ多ク持テ候ヘドモ、河ヲコギオヨギ候事、生食程ノ事ハヨモ候ハジ。相構《あひかまへ》テ宇治河ニテ先陣ヲワタシテ、高名ヲ後代ニ伝ヘ候バヤト存候」ト高ラカニゾ言上シタリケル。鎌倉殿御心中ニ、「ニクヒケシ[2]タル者ノ声《こわ》ヤウ、ケシキ哉《かな》」トゾ思食《おぼしめさ》レケル。サテ仰ノ有ケルハ、「一ノ御厩《みむまや》ニ立《たて》タル馬ヲ人ニノスル事ナシ。淵瀬ヲワタル器量ノ馬ハ、ウスヾミモヨモ劣《おとら》ジ。ウスヾミヲ給ハリ候ヘ」トテ、第二ノ御馬ウスヾミヲゾ給ハリタリケル。アヲサギナリケルヲ二位殿御覧ジテ、「アヲサギハウスヾミニコソニタリケレ」ト被レ仰タリケルニヨテ、ウスヾミトゾ申ケル。梶原源太、「我ニ過タル御気色ヨシハナキ物ヲ」ト思テ申タリケルニ、「声ヤウ、貌《かほ》ゲシキ、ニクヒケシタル者哉《かな》」ト御覧ジタリケルコソ案《あんに》タガヒテハ覚ユレ。天ニヲセクヾマリ、地ニヌキアシコ[3]トハ此体《このてい》ノ事ナルベシ。人更ニ身ヲバ憑《たのむ》マジキ事也。本意ナキ事限《かぎり》ナケレドモ、ウスヾミヲ給テ罷出《まかりいで》ニケリ。

其後《そののち》兵共、面々ニ参テ暇《いとま》申ケル中ニ、平山武者所季重見参ニ入テ罷出ケル処ニ、西《にしの》御門ニテ上総介ニ行相《ゆきあひ》タリ。ミレバ年来《としごろ》ホシク思タリケル目糟毛ト云《いふ》名馬ヲ前ニヒカセタリ。平山、「今所望セデハ、イツヲ可レ期《ごすべき》ゾ。無心ヲハヾカラズ所望シテミム」ト思テ、「年来《としごろ》日比《ひごろ》アノ目糟毛ヲホシク思候ヒツレドモ、

1　「武」、底本は「臥」とも読めるが、九頁一〇行目「武者所」の「武」と近い字体であり、一一頁三行目「臥木」の「臥」とは明らかに異なる。「武」と判読する。ただし一三頁二行目に、同じ字体に「武歟」と傍書。「武」と読み取れなかったための傍書と見なされる。

2　「シ」、底本「レ」。誤写とみて改めた。六行後に、「ニクヒケシタル」とある。

3　「コ」、底本のまま。「ス」とあるべきか。

『思[1]《おもへ》バ御秘蔵ノ御馬也、且ハ過分ノ所望、恐アリ』ト存候テ、未ダ言[2]《ことば》ニモ出サズ候ツレドモ、『合戦ノ道ニ罷出ル習ハ、再《ふたたび》帰ルベキニアラズ。只今コソ最後』ト存候ヘバ、心中ノ妄念ヲ懺悔シ候」トゾ申ケル。上総介思ケルハ、「命ニカヘテ思フ馬也。親ニモ子ニモ主君ニモ手ヲ放ツベシトハ思ハネドモ、『合戦ノ道ニ罷《まかり》出《いづる》習ハ、再帰ルベキニアラズ。只今コソ最後ト存ジ候ヘバ、心中[3]ノ妄念ヲ懺悔シ候』ト云ツル志ノ面白サヨ。且ハ門出ノ所望也、且ハ平山ヲバ鎌倉殿侍大将軍ニ思食《おぼしめ》シタリ。旁《かたがた》以《もつて》思《おもふ》ニ、龍馬龍象ナリトモ惜《をしむ》ベキニ非ズ」ト思テ、「イカニ平山殿。年来《としごろ》日比《ひごろ》思食ケル事ヲ、今マデ仰《おほせ》ハ候ハザリケルゾ。銀《しろかね》、金《こがね》ノ馬ナリトモ、イカヾ御辺《ごへん》ニハオシミ奉ルベキ」トテ、鐙フバリ立アガリテ、「平山殿ノ御殿人ヤ、アノ目糟毛請取《うけとり》候ヘ」ト云ケレバ、平山馬ヨリ飛落《とびおつ》ルマヽニ、右ノ手ヲモテ目糟毛ガクツバミヲトリ、左ノ手ヲ以テハ馬ノ頭《かしら》ヲカキナデ〱シテ、「本望成就ス。穴《あな》ウレシ〱」ト云テ、下部《しもべ》ニ請取セテ馬ニ乗テケリ。上総介ハ[4]馬ニ乗ナガラ打立テ、「面目無レ極《きはまりな》シ

〱」トゾアヒシラヒケル。黒糟毛ナル馬ノ七寸《ななき》[5]ニアマリタリケルガ、折ヲシリ、ケハレヲフルマヒ、事人ニハナヲ[6]マサリタリケリ。目糟毛ト名《なづけ》タル事ハ、左ノ目ノ程ニカヽリテ白キ星ノ有ケル故ナリ。乗尻ノ程ヲ計ラヒ[7]、臥木ヲモコヘ、江堀ヲモ飛ケル馬也。サテ平山申ケルハ、「ツク〲世間ノ相ヲミルニ、直《あた》ヒ代リハナケレドモ、大事ノ空ヲユヅルハ父母《ぶも》二親ニシクハナシ。上総介殿ノ芳恩コソ父母二親ニモスグレ給ヒタレ。自今以後《じごんいご》[8]ハ、若党共、上総殿ニ無礼バシ仕ルナ」トゾ悦ケル。

今度ノ上洛ノ大将二人ノ内、一人ハ蒲御曹司範頼、一人ハ九郎御曹司義経也。蒲御曹司ハ足柄ニカヽリ、九郎御曹司ハ箱根ニゾカヽリ給ケル。九郎御曹司ハ昔ヨリ箱根権現ニ参詣ノ志オハシケルアヒダ、沐浴潔斎シテ社壇入堂シ給ヘリ。兵庫鎖《ひやうごぐさり》ノ大刀一振、別当シテ御宝前ニ捧グ。「南無帰命頂礼箱根権現、和光同塵ノ光ニクモリナク、義経ガ所願ヲ成就セシメ給ヘ。通夜、御神楽ヲモシテマヒラセタク候ヘドモ、範頼定テ早ク打過候覧《らむ》ト存候ヘバ」トテ、馬ニ鞭ヲ打

1 「思ハ」、底本のまま。「且ハ」か。
2 言コトハ（類聚名義抄）
3 「妄」、底本「忘」。誤写とみて改めた。
4 「ハ」、底本虫損。補った。
5 「寸」、「寸ヲキト読ム事ハ、馬ノ四寸五寸ナルヲバ、四寸五寸〈ヨキイツキ〉ト云フ証拠也」（『雑談集』巻三）
6 「ヲ」、底本「ラ」。誤写と見て改めた。
7 「ヒ」、底本脱字。補った。
8 Iigonigo（日葡辞書）

給ケレバ、伊豆府《いづの》[1]ニテ蒲御曹司ニ行相《ゆきあひ》給ヘリ。府ヨリハ打ツレテ多勢ニテゾ上給ケル。

　佐々木四郎隆綱、鎌倉殿ニ参タリ。「イカニ今マデ遅カリツルゾ」ト宣ヘバ、「老少不定ノ堺ニテ候之上、合戦ノ道ニ向テ候事、再ビ故郷ニ帰ルベシトモ存ゼズ候アヒダ、父ニテ候シ者ノ墓所《むしよ》ニ暇《いとま》乞候ツル次《ついで》ニ、十三年ノ追善ヲ引コシテ仕リ候ツル間、遅参仕テ候。ヤガテアレヨリコソ打出《うちいづ》ベク候ツレドモ、親ノ孝養《けうやう》ヲ引コシ候程ニ、無常ヲ観ジ候《さうらひ》ナガラ、争《いかで》カ今一度ミモマヒラセ、ミヘモマヒラセ候ハデハ候ベキト存候テ参テ候」トテ、フシメニゾナリタリケル。鎌倉殿モ御覧ジテ御目ニ涙ヲウケサセ給ケリ。サテ仰《おほせ》ニ、「合戦ノ庭ニテ身命ヲスツベキ趣《おもむ》キ、スデニ顕レテ神妙《しんべう》ニコソ覚ユレ。和殿《わどの》モ日比《ひごろ》ホシゲニ思タリツル生唼ヲ曳出物《ひきいでもの》ニセバヤト思《おもふ》ガ、梶原源太ガ所望シツルニオシク思テ、ウスヾミヲトラセタリツルアヒダ、路ニテ和殿ヲ恨ミム[2]ズラムト覚ユルハイカヾスベキ」トゾ被レ仰ケル。佐々木畏《かしこまり》申ケルハ、「梶原ガ千万ノ恨ハサモ候ハヾ候へ。一疋ノ生湌ヲ給《たまはり》テコソ生前《しやうぜん》ノ名誉ヲ末代ニ伝へ、後生《ごしやう》ノ面目ヲ閻王ノ庁庭ニモホドコシ候ハムズレ。其上武士[3]トナリ候テ、梶原ガ恨ヲナドカ一往陳ジ開カデハ候ベキ。一切クルシカルマジク候」ト言上ス。「サラバトラスル」トテ、生湌ヲゾ給ハリタリケル。

此《この》馬ヲ生湌ト申ケル事ハ、二三歳ノ比《ころ》[4]、アドナカリケル時、ニクシト思フ者ヲクヒフセテ、サスガニクヰハコロサズ、生《いけ》ナガラ足手ナドヲクヰカキケルアヒダ、生湌ト名《なづけ》タリ。又ハ奥州ニ能ノ海トテ、メグリ四十里ノ池アリ。日本国ノ鷲ノ集ル池ナリ。大地獄トテ又大池アリ。其間《そのあひだ》ニ名誉アル人ノシヌレバ必ズ魂魄定《しづまり》テ此ノ池ニ没ストイヘリ。カクノゴトキラノ池ハ多《おほし》ト云《いへ》ドモ、魚ノミアテ船ハナシ。コレニヨテ池ノ辺《ほとり》[5]ノ魚捕《いをとり》等、一丈計《ばかり》ナル棹ニ細[6]ヲハリテ、此《この》馬ニ乗テ池上《いけの》ノ水ニヲヨガセテ魚ヲスキケルニヨテ、池ズキト名タリトモイヘリ。鹿毛ナリケルガ、長八寸《たけやき》ノ馬ナリケリ。イトヲシキ者、ニクキ者ミシリタリケル馬也。狩場ノ時、鹿ナドニ相ツキテ、岸礒ヲクダリニ馳《はし》[7]ル時、

1 「府」、底本「苻」。改めた。
2 「ス」、底本「ラ」。誤写と見て改めた。
3 「武」の右に「武歟」と傍書。判読困難な「武」を別の字と判読したための傍書と見なされる。
4 「ア」に声点⑦、「ト」に声点⑧
5 辺ホトリ（類聚名義抄）
6 「細」に「網歟」と傍書。
7 馳ハシル（類聚名義抄）

乗主ダニモ落ヌレバ、馬モソコニ留リテ、草モクハデ主《ぬし》ヲ訪フ馬ナリキ。此《これ》程ノ大事ノ御馬ナリケレドモ、「父ガ墓ニ暇《いとま》乞ツヽ、十三年ノ追善ヲモ引コシ、最後ノ見参ニモ参テ候」ト泣々申タリツル情ヲモ神妙也ト被二思食一ケル御感《ぎよかん》ノアマリニ、サシモ秘蔵シタマヒタル生飡ヲ給ハリタリケル佐々木四郎ガ心ノ内コソユヽシケレ。何計《いかばかり》カウレシト思ケム。

　トヘカシナナサケハ人ノタメナラズウキワレトテモコヽロヤハナキ

ト云《いふ》古歌ノ風情、思アハセラレテ哀也。千万《せんばん》ノ軍兵ノ中ニ、父ガ[1]墓所《むしよ》ニテ暇ヲ乞《こひ》、十三年ノ追善ヲ引コシテ仕ル情《なさ》ケ、親ノ為トコソ思ケメドモ、天神地祇アハレミ給フユヘニ、鎌倉殿ヨリ生飡ヲ給ハリヌル事、情ハゲニ人ノ為ニハアラザリケリ。コレモ又佐々木源三秀能ガ、平治《へいぢの》合戦之時、六波羅ヘ寄《よせ》タリケルガ叶ハズシテ引《ひき》ケルニ、左馬頭義朝ヲノバサムトテ、五十余騎ニテ五条河原、四《し》条橋《でうのはしの》辺マデニ返合《かへしあはせ》〱戦ケレドモ叶ハズ、平家ノ軍兵多ク責来ケレバ兄弟五騎ニナリテ、義朝ノ引ツル方ヘト志テ北山ヘ向《むかひ》ケルガ、「我引方《わがひくかた》ヘゾ敵モオハムズラム。猶《なほ》義朝ヲノバサム」ト思テ引カヘシ、粟田口へ向ヒケル程ニ、伊藤武者景綱ニ行相《ゆきあひ》テ、一人モノコラズ打レニケリ。其《その》時鎌倉殿モ十二歳ニテ、父ノ御共ニオハシケレバ、「此等ノ事共《ども》ヲ思食《おぼしめし》忘レ給ハズシテ、今《いま》生浪ヲ給ハリケルカ」トゾ申ケル。

佐々木四郎究竟《くつきやう》ノ馬ニハ乗タリケリ、生浪ヲバ引セテ鞭鐙ヲアワセテ打ケル程ニ、一夜半日ガ程ニ、駿河国浮島原ニテ追付タリ。

其後、梶原前後ノ勢ヲ見知バヤト思テ、馬ヲ一段計《ばかり》打ノケテ、ウマズメノ松ト云松下《いふまつのもと》ニ、鐙フムバリ立アガリテ、通ル勢共《せいども》ヲミル処ニ、二三百疋モヤ過ヌラム、サレドモウスヾミ程ノ馬コソナカリケレ。「理《ことわり》ヤ、鎌倉殿ノ御秘蔵ノ御馬ナレバ、争《いかで》カ此ニハナラブ馬アルベキ」ト思《おもふ》処ニ、誰トハ不レ知アキヨゲナル武者一騎、乗替四五騎、馬三疋引セテ、鞭ヲ揚テ出来タリ。「誰ナルラム」ト目ヲ懸タル処ニ、師子ヤ大象モカクヤ有ラム、麒麟八疋ノ駒モ此ニハスギジト覚ヘタル馬[2]、マ先ニ引セテ出来タリ。ミレバ佐々木ノ四郎隆綱

1 「墓」、底本「基」。誤写とみて改めた。
2 「ル」、底本「レ」。誤写と見て改めた。

也。引セタル馬三疋ノ内ニ生飡アリ。梶原ト申ハ、人悪心ノ腹悪也。死生不知ノ切通《きりどほし》ニテ侍ケルアヒダ、生飡ト云ツルヨリシテ、身ヨリ猛火《みやうくわ》ヲ燃《もやし》ケル。「弓矢取ノ習ハ、必シモ親ノ敵、宿世ノ敵ヲノミ敵ト云《いふ》カ、当座ノ恥コソ親ノ敵ニモマサリタレ。コレ程主《しゆう》ニニクマレ奉タル景季ガ命、イキテハナニカハスベキ。口惜《くちをしき》事シ給ツル鎌倉殿哉《かな》。是ミヨカシ」ト思《おもひ》ガホニテ、「マ先ニ引セタル佐々木ニ過タル日ノ敵ハ有ベカラズ。木曾ノ冠者ヲ打《うた》ムヨリハ、佐々木ヲ打ム」ト思テゾ、「アノ馬ヲバ隆綱ニハ給《たまひ》ツラム。只一矢ニ射落シテ、生飡ヲバコ、ニテコソ給《たまは》ラメ」ト思テ、矢タバネトキテ押クツロゲ、モトハズ、スヘハズシメオホセテ、郎等八騎有ケルニ用意セサセテ待懸《まちかけ》タリ。梶原ハ諸人ニニクマレケル間、用心スル事ヒマモナシ。サレバ人ハキザリケレドモ冑ヲゾキタリケル。火威《ひをどしの》冑ニ、紅ノホロヲゾ懸タリケル。廿四差タル黒ホロノ矢ニ、滋藤ノ弓絃打《つるうち》シテ、サビツキゲナル馬ノ逞シキニ、白伏輪ノ鞍ヲ置テ乗タリケリ。

郎等八騎馬ノ鼻ヲ並ベテ引《ひか》ヘタリケルガ、佐々木追付ケレバ、同ジサマニ打出テ対面シタリケリ。「イカニ佐々木殿、ヲクレヲバシ給ゾ。アレハ生滄トミ候ハイカニ」。「サム候《ざうらふ》」ト答フ。「景季ガ所望申テ候ニタビ候ハヌニ、佐々木殿ノ給ハラセ給《たまふ》条、何体《なにてい》ナル子細ニテ候ゾヤ。遺恨ノ次第哉《かな》」トイヘリ。佐々木思ケルハ、「ニクヒ梶原ガ言《ことば》カナ。何《いか》ナル子細ニテモアレ、ソレニ綺[1]ベカラズ。子息兄弟、所従眷属バシニ物ヲ云様《いふやう》ニ、放逸ナル者《も》ノ[2]言《いひ》ヤウカナ。シヤ喉ブエ射貫《いぬき》テ、只一矢ニ射落サバヤ」トゾ思ケル。已ニ矢ヌカムト思ケル処ニ、シバシア[3]テ、「アレハ冑[4]キタリ、我身ハ腹巻ヲダニモキズ。サゲ針ノ上手モ定《ぢやう》ノ矢ツボヲ射ソムズル事。其《その》上、鎌倉殿ノ仰《おほせ》ニ、『梶原ガ恨ミム時ハ、イカヾセムズル』ト御心苦ゲニ御定《ごぢやう》有シヲ、『トモカクモ陳ジ開候ベシ』ト物タノモシク申シタリツル甲斐モナク[5]、イツシカコヽニテ人ヲモ失ヒ、我モ失《うせ》ム事、不覚ノ次第ナルベシ。一往陳ジテミム」ト思テ、「ヤ殿、梶原殿、キヽ給ヘ。殿ハ今度コソ所望申サセ給タリツラメ、隆綱ガ去年ノ春ヨリ御気色《みけしき》任《にまかせ》テ、

1 「綺」、底本のまま。読み未詳。「寄」の異体字か。
2 「ノ」、底本踊り字の「ヽ」。改めた。
3 「ア」、底本のまま。「マ」の誤写か。
4 「冑」、底本「曹」。誤写とみて改めた。
5 「ク」、底本脱字。補った。

折々ゴトニ申侍シガ、終ニ給ハラズ。一昨日親ノタメニ最後ノ仏事仕《つかまつり》シ間、昨日ノ由伊浜《ゆひが》ノ兵具《ひやうぐ》ゾロヘニハヅレ候テ、遅参シテ候キ。サテ忩《いそ》ギ追付マヒラセムト、心計《ばかり》ハス、メドモ、貧ハ諸道ノ妨ニテ、甲斐〴〵シキ馬ハ候ハズ。サリトテハト思テ、御厩ノ小平次ニ酒ヲノマセテ候ヘバ、下居《ゲコ》ノシルシノ哀サハ、ヤガテ酔テネ入テ候シ時、盗取テ、アレニノリテヨモスガラ馳テコソ、此程《これほど》早《はやく》ハ追付キマヒラセテハ候ヘ。全ク君ヨリ給《たまはり》タル事候ハズ。人ニハ名聞《みやうもん》ナレバ、給ハリタルヨシヲ申サムズル也。心得給ヘ。今度ノ合戦ニ若《も》シ存命シテ候トモ、御勘当ヲ蒙ルベキ身ニテ候ヘバ、アヂキナク覚候。サヤウニ御勘当候ハム時、誰カ申ユルシテ給《たまふ》ベシトモ覚ヘズ候」トテ、歎ク色ヲゾシタリケル。梶原思ケルハ、「ゲニ我モヌスムベカリケル事ヲヤ」。ツヤ〳〵思ヨラズシテ、佐々木ニ、ハヤヌスマレニケリ。アタラ馬ヲ、終ニソラシヌル事コソ念ナケレ。穴《あな》口惜〳〵」トゾ思ケル。サテ申ケルハ、「弓矢取ノ郎従ノ、主ノ馬ヲヌスミテ、主ノ敵討ニ趣《おもむか》ム事、何条《なんでふ》ノ御勘当カ候ベキ。馬盗人ヲバ頸ヲキリ、ハツケナドニスル事也。マシテ同僚ニハシタガラヌ事ナレドモ、佐々木殿ノ盗《ぬすみ》ハ、アエ物ニモシタシ。男子生《をのこごうみ》タラム産所ニハ請ジ入レマヒラセテ、引目ヲモ射サセマヒラセ、元服、袴着ノ時ハ、横座ニスヘマヒラスベキ程ノ盗哉《ぬすみかな》」トテ、打ツレテゾ咲《わらひ》ケル。「抑《そもそも》、『御勘当カブリタリトモ、申ユルスベキ人モナシ』ト仰ラレツルハ、景季ガ聞耳《ききみみ》ト覚候。八幡モ御知見候ヘ。勲功ノ賞ニモ申カヘ候ハムズル也。日比《ひごろ》ハコレ程ハ思奉ラザリツレドモ、馬ヲ盗給ニ取テ、『アハレ同僚ヤ』ト思奉故ニ、実《まこと》ノセニハ、必ズカハラバヤト存ズ」。「憑[1]ベヨ」、「憑マレ奉ラム」トゾ契タリケル。

1 「憑ベヨ」、底本のまま。「憑ベシ」、あるいは「憑レヨ」の誤写か。

七 兵衛佐ノ軍兵等付宇治勢田事

同《おなじき》[1]廿日辰剋ニ東国《とうごくの》軍兵六万余騎、二手ニ作《なり》[2]テ、宇治、勢多両方ヨリ都ヘ入ル。勢多《せたの》手ニハ蒲冠者大将軍トシテ、同《おなじく》相従《あひしたがふ》輩《ともがら》ハ、武田太郎信義、加々見太郎遠光、同《おなじく》次郎長清、一条次郎忠頼、板垣三郎兼信。侍大将軍ニハ、

1 この章段には、章の始めとなる「七」という数字は記されていない。
2 作ナル（類聚名義抄）

稲毛三郎重成、飯谷四郎重朝、土肥次郎実平、小山四郎朝政、同中治五郎宗政、猪俣小平六則綱、小山、宇津宮、山名、里見ノ者共ヲ始トシテ、三万五千余騎ニハ過ザリケリ。宇治ノ手ニハ九郎冠者ヲ大将軍トシテ相従《あひしたがふ》人々、安田三郎義定、大内太郎惟義。侍大将軍ニハ、畠山庄司次郎重忠、舎弟長野三郎重清、三浦十郎義連、梶原平三景時、嫡子源太景季、熊谷次郎直実、同子息小次郎直家、佐々木四郎高綱、渋谷馬允重助、糟屋藤太有季、サヽヲノ三郎義高、平山武者所季重ヲ始トシテ二万五千余騎、二手ノ勢六万余騎ニハ過《すぎざ》リケリ。

木曾ガ方ニハ、折節都ニ勢ゾナカリケル。乳母子樋口次郎兼光、五百余騎ニテ十郎蔵人行家ヲ責ムトテ、河内国石河ト云《いふ》所ヘ差遣ス。今井四郎兼平五百余騎ノ勢ヲ相具テ、勢多ノ固《かため》ニ差遣ス。方等三郎先生義広、仁科、高梨、小田次郎等三百余騎ニテ宇治ヲ固ニ向《むかひ》ケリ。京ニハ力者廿余人ヲ支度シテ、「若《もし》ノ事有《あら》バ、院ヲ奉レ取テ西国ヘ御幸ナシ奉《たてまつら》ム」ト用意シテ、上野国住人那波太郎弘澄ヲ始トシテ、義仲ガ勢百騎ニハ過《すぎざ》リケリ。

今井四郎兼平、方等三郎先生義広等、宇治、勢多両方ノ橋ヲバ引テ、向《むかひ》ノ岸ニハ乱杭ヲ打、大綱ハヘ、逆向木《さかもぎ》ヲツナギテ流カケテ相待処《あひまつ》ニ、九郎義経ハ雲霞ノ勢ヲ聳《たなびき》[1]テ、「木曾冠者、都ニテハ叶ハジトテ、平等院ニ立籠《たてごもり》タリ」ト中《まうす》者有ケルアヒダ、サラバトテ伊賀国ヘメグリテ、平等院ニ押寄タリケレドモ、空事《そらごと》ナリケル間、サテハトテ入洛《じゆらく》セムトスル処ニ、宇治橋ヲミレバ橋モナシ。オリシモ水カサマサリテ底ミヘズ。橋ヲ引タルノミナラズ、逆向木ヒマモナク、大縄《おほづな》[2]小縄引ハヘテ、鴛《をし》、鴨ナムドノ水鳥モ輙《たやす》ク栝《くぐり》[3]通ルベシトハミヘザリケリ。ユヽシキ大事ト立タリケルアヒダ、二万五千騎ノ軍兵、クツバミヲナラベテ引《ひか》ヘタリ。河ノハタ分内セバクシテ、打ノゾミタル者四五千騎ニハスギズ、二万余騎ハヨリツクベキ所ナキ故、只イタヅラニ引ヘタリ。河ノ景気ヲダニミザレバ、渡スベキ僉議評定モセズ、橋ノ落タル事ヲモ未ダシラザル者ノミ多《おほく》アリ。此ニヨテ、水練ノ者共多クアルラメドモ、河ノ面《おもて》ヲミザル故ニ、河ヘ入ラムトスル者モナカリケリ。

1 聳タナヒク（類聚名義抄）
2 縄ツナ（類聚名義抄）
3 栝クヽル（類聚名義抄）。文意からみて「くぐる」と読んだが、所拠未詳。

其時ニ九郎御曹司、雑色、歩行走《かちばしり》ノ者共ヲ召寄テ、「家々ノ資財雑具一々ニ取出サセテ、河鰭《かはばた》[1]ノ在家ヲ皆焼払ベシ。分内ヲ広《ひろく》シテ、二万余騎ヲ皆河鰭ニ臨マセヨ」トゾ下知シ給ケル。歩行走ノ者共家々ニ走リ廻テ此《この》由ヲ披露スル処ニ、人一人モナカリケリ。サラバトテ、手々《てんで》ニ続松《たいまつ》[2]ヲ持テ家々ヲ焼払フ事三百余家也。馬牛ナムドヲバ取出スニ及バズ、ヤド〳〵ニ置タリケレバ、皆死ニケリ。其外《そのほか》モ老タル親ノ行歩《ぎやうぶ》ニモ叶ハヌ、タヽミノトニカクシ、板ノ下、壺、瓶《かめ》ノ底ニ有ケルモ皆焼死ニケリ。或ハ逃隠ルベキ力モ無リケルヤサシキ女房、姫君ナムドヤ、或ハ病床ニ臥タル浅猿《あさまし》ゲナル者、小《をさなき》者共ニ至マデ、刹那ノ間ニ煨燼トゾナリニケル。風吹《ふけ》バ木ヤスカラズトハ此体《これてい》ノ事ナルベシ。広々ト焼払タリケレバ、二万五千余騎、ノコル者モナク河鰭ニ打ノゾミタリ。

九郎御曹司、河ノ辺《ほとり》[3]近ク高矢倉ヲ作ラセテ上リ給テ、四方ヲ下知シ給ケリ。ヤタテ硯ヲ取寄テ、「宇治河ノ先陣ト、甲《かうの》者ト次第ヲアキラカニ注《しるし》テ、鎌倉殿ノ見参ニ入ベシ」ト、[4]ヌカムトゾ色メキ合タリケル。御曹司、矢倉ノ上ヨリ様々ノ事ヲ下知シ給ケレドモ、カシカマシクテ人更ニ聞《きか》ズ。其時《そのとき》平等院ヨリ大鼓ヲ取寄テ打セラレケレバ、二万五千余騎皆シヅマリテ、御曹司ニ目ヲ懸ザル者ハ一人モナカリケリ。其時九郎御曹司、大音声《だいおんじやう》ヲ揚テ、「今此ノ二万五千余騎ノ中ニ、水練、河立、潜《かづき》[5]ノ上手共ハ其数多カルラム。カヽル処ニテコソ群《ぐん》ニヌケタル高名《かうみやう》モスレ。トク〳〵我ト思ワム輩《ともがら》ハ物具《もののぐ》ヲヌギ置テ、セブミヲシテ河ノ案内ヲ心ミ給フベシ。又彼《か》ノ岸ヲミルニ、矢ハズヲ取タル者四五百騎計《ばかり》アリ。セブミセム者ヲ散々ニ射ムズラムト覚《おぼゆる》ゾ。甲《かう》ノ座ニツカムト思ワム人々ハ、馬ヲバステ、橋桁ヲ渡シテ敵ノ軍兵ヲ追散シテ、水練ノ輩ヲ思《おもふ》サマニ振舞《ふるまは》セヨ」トゾ下知シ給ケル。此ヲ聞《きき》、平山武者所馬ヨリ飛テ落ルマヽニ、橋桁ノ上ニ飛上ル。弓杖ヲツキ、扇ヲハラ〳〵トツカヒテ申ケルハ、「二万五千騎[6]ノ軍兵ノ中ニ、橋桁渡ル先陣ハ、平山武者所季重ト申《まうす》小冠者也。抑《そもそも》当河ノ為レ体《ていたらく》、深淵潭々トシテ大海ニ浮ベルガ如シ。下流万々《まんまん》トシテ急々ナル事瀧《たきの》水ニ似タリ。橋桁幽々トシテホソク高キ事、碧天《あをぞら》ニ聳《たなび》ク虹カトモ

1 鰭ハタ（類聚名義抄）
2 「持」、底本「捧」とも読めるが、二四頁五行目に見える「侍」と旁を同じくする。「持」と判読する。長門本「持」
3 辺ホトリ（類聚名義抄）
4 「ト」が丁末にあり、「ヌカムトソ」が次丁頭にある。この間脱文あるか。盛衰記、「ト被レ仰ケレバ、軍兵各勇ヲ成テ抽レ忠トソ」
5 潜カツク（類聚名義抄）
6 「千」、「年」にミセケチ、「千」と傍書。

疑《うたがひ》ツベシ。玄弉三蔵ノ渡《わたり》給ケム葱嶺ノ石橋モ此ニハ争《いかで》カ過候ベキ。落入《おちいら》ム事決定《けつぢやう》也。没シテ而《しか》モ失《うせ》ム事、疑アルベカラズ。若《もし》ハ猿猴、若ハ鼠猫ナムド[1]ナラデハ平《たひら》カニ渡ルベシトハ存《ぞんじ》候ハネドモ、大将軍ノ仰《おほせ》ヲ背《そむく》ハ身命ヲ惜《をしむ》ニ似タリ。シカレバ命ヲバ只今九郎御曹司ニマヒラセ候。屍《しかばね》ヲバ速《すみやか》ニ宇治河ノ淵瀬ノ浪ニ濯《すす》ギ侍ベシ」トテ、只一人渡ル処ニ、佐々木太郎定綱、渋屋馬允重助、熊谷次郎直実、同《おなじく》子息小次郎直家[2]等、已上五人ゾツヾキテ渡リケル。矢比《やごろ》近クナリケレバ、彼《か》ノ岸ノ軍兵等、弓ヲアクマデ引ムガ為ニ、甲ヲバキズ、数百騎ノ者共ヒキトリ〳〵放《はなち》ケル矢カズ、天《そら》ヨリ飛キタル事ナレバ、入江ノ葦苅ガアシヲタバネテツクガゴトシ。身ニキタリテ中《あた》ル事、玄冬素雪ノ晩《くれ》ノ時雨、玉チル霰ノフルニゾ似タリケル。サレドモ究竟《くつきやう》ノ甲冑[3]共《ども》ナレバ、ウラカク矢モナカリケリ。

熊谷、橋桁ヲ渡《わたら》ムトスル時、子息小次郎、「父ノ御共申ベシ」トテツヾキケルヲ、父熊谷、「汝ハ今年十六歳也。心ハイカニ武ク思《おもふ》トモ、真《さね》ハ未ダカタマラジ。直実ダニモ平《たひらか》ニ渡リツカム事有ガタシ。況《いはむ》ヤ汝ハ叶マジキゾ。大勢ノワタサム時渡ルベシ」ト云ケレバ、小次郎、「千字文ニ申タル、李、杏、梅ナムドニコソ真ノカタマル、カタマラヌト申《まうす》事ハ候へ。十歳以後ノ人ノ身ニ、真ノカタマラヌ事ヤハ候ベキ。若《もし》カタマラザラムニツケテモ、[4]父ヲハナレマヒラセムトハ存候ハズ。父コソ常ニハ風気《ふうき》[5]トテ、『目ノマウゾ、膝ノフルウゾ』トハ仰候へ。此程《これほど》ノ大河、高橋《たかき》ノホソゲタヲ渡リ給ハム事アヤウク覚候。直家ガマ先ニワタラセ給へ。若《もし》御目マハセ給ハム時ハ、トラヘマヒラセム」トゾ申ケル。父コレヲキヽ、「ゲニヤ、ワレ小次郎。イカナル時ヤラム、目モマヒ膝モフルウ事ノアル我身ナレバ、サモ有ベシ」トテ、オヘル[6]子ニ教《をしへ》ラレテ、熊谷ハ十六歳ノ小次郎ガ先ニゾ渡リケル。実《まこと》ノ瀬ニハ、子ニ過タル宝コソナカリケレ。死出山《しでの》、三途河《さんづの》ヲ渡《わたる》時モ、子ヨリ外ニハ誰カ後世ヲバ助《たすく》ベキ。親子ノ情《なさ》ケ、憑《たのもし》クゾ覚ル。

橋桁已ニナカラバカリ渡リタリケル時ヨリハ、五人ナガラ皆目舞《めまひ》、膝フルヰ

1 「ナ」、底本「サ」。誤写と見て改めた。
2 「家」、底本「宗」。二〇頁五行目に「直家」とある。誤写と見て改めた。
3 「冑」、底本「曹」。誤写とみて改めた。
4 「テ」、底本脱字。補った。
5 風気フウキ（易林本節用集）
6 「フ」に「へ」と重ね書き。

テ、水ハサカサマニ流ル、ヤウニゾ覚ケル。叶ハジトヤ思ケム、各《おのおの》弓ヲバ手ニカケテ匍《はらばひ》[1]、カレ、「サム候〱」ト、問ヘバ、答〱シテ、肝ヲツブシハテテ、ゾ皆渡リタリケル。

熊谷ガ初発心《しよほつしん》[2]ノ道心ハ、此《この》橋桁ヨリゾ発《おこ》リ始メタリケル。我若落《われもしおち》バ、小次郎定テ取留ムトシテ、共ニ落ム事ノ心ウク思[3]ケル時、他力往生、来迎引接ノ阿弥陀如来ヲ念ジ初メ奉リタリケリ。摂取不捨ノ本願、只今コソゲニタノモシクハ覚侍レ。云《いふ》ニ甲斐ナキ小次郎ダニコソ、落ム所ヲバ取助ムトテ後ニハツヾキタレ、マシテ三尊来迎シテ、生死《しやうじ》ノ苦海ニ沈マム所ヲ来迎引接シ給ハム事、憑《たのみ》テモナヲタノムベカリケリ。平山、佐々木、渋屋、熊谷親子、「南無阿弥陀仏、〱」ト申テゾ、西ノ岸ニハワタリツキタリケル。合戦以後世シヅマリテ後、熊谷次郎ハ法然上人ニ参テ、念仏ノ法文ヨク聴聞シ、三身具足[4]ノ行者トナリスマシテ、木槵子[5]ノズヾヲ頸ニカケテ、毎日千返《べん》申ケレバ、終ニ引接シ給テ、九品蓮台ニゾ往生ノ素懐ヲ遂タリケル。サレバ菩提心ノ発ル事モ縁ヨリ発ル事ニテゾ侍ケル。

サテ五人ノ者共渡リハツレバ、片手矢ハゲテ敵ニ向フ。熊谷次郎、扇ハラ〱ト仕《つかひ》テ申ケルハ、「汝等ハ抑《そもそも》木曾殿ノ郎従ニテハヨモアラジ。一旦ノ駈《かり》武者共ニテゾ有《ある》ラム。生《しやう》アル者ハ皆命ヲ惜ム習ナリ。無レ詮《せんなき》合戦シテ、大事《だいじの》命ヲ失ハムトスルコソ不便《ふびん》ナレ。落《おち》バハヤ落ヨカシ」トテ、兵《ひやう》ド射タリケレバ、木曾《きそが》郎等ニ藤太左衛門兼助ト云《いふ》者、マサカサマニ射ヲトサレニケリ。此ヲ始トシテ、多《おほく》ノ郎等共《ども》討レニケリ。

シカルアヒダ、河ノ面々《おもておもて》ニ目ヲカケテ、水練ノ者ヲ射殺《いころさ》ムトスル者一人モナシ。其ノヒマニ佐々木《ささきが》郎等ニ鹿島与一ト云者、天下一ノ潜《かづき》ノ上手ナリケルアヒダ、冑ヌギヲキ裕《たふさぎ》6 カクマ、ニ、腰ニハ鎌ヲサシ、手ニハ熊手ヲ以テ河ノ底入《そこへ》ニケリ。良久《ややひさしく》水ノソコニテ、ラムグヒ、サカモギ引ヲトシ、大縄《おほづな》小縄キリ落ス。アハレ機量ヤトゾミヘタリケル。九郎御曹司此《これ》ヲ御覧ジテ、「ヤ、佐々木殿。ワ殿ノ郎従鹿島ノ与一ハ甲《かう》ノ座ノ一番ニ付ベシ。別功アラムズルゾ。

1 「甸」が丁末にあり、「カレ」が次丁頭にある。この間に脱文あるか。
2 Xohoxxin（日葡辞書）
3 「ク」、底本「サ」にミセケチ、「ク」と傍書。
4 「身」に「心歟」と傍書。
5 「楗」のある行上部余白に「楒歟」とある。木楒子モククヱンシ（伊呂波字類抄）
6 「裕」、「たふさぎ」と読むべきところであるが、所拠未詳。五一頁二行目には「俗衣」とある。盛衰記「褌」。俗衣タフサキ（伊京集）、浴衣タフサキ（伊呂波字類抄）

其《その》由ヲ披露シ給へ。今日ヨリ改名《かいみやう》シテ、与一トハ云《いふ》ベカラズ。日本一ト呼《よぶ》ベシ」トゾ宣ケル。

カヽリケレドモ、スヽミイデ、渡サムトスル者一人モナシ。「イカヾスベキ。水ノ落足ヲヤ待ベキ」ナムド申《まうす》処ニ、畠山ノ庄司次郎重忠、生年廿一ニナリケルガ、紅ノ直垂ニ赤威《あかをどしの》冑ニ、大中黒ノ矢ニ、塗込藤ノ弓取《とり》ナヲシテ、黒キ馬ニ黄伏輪ノ鞍置テゾ乗タリケル。河ノハタニ打臨テ、遙《はるか》ノ岸ヲニラマヘ申ケルハ、「鎌倉殿モ、『定テ宇治、勢多ノ橋ハ引ムズラム』ト御沙汰アリシ所ゾカシ。知食《しろしめさ》ヌ海河ガ俄ニ出来タラバコソ引《ひか》ヘテ評定モ候ハメ。水上ハ近江ノ水海ナレバ、比良ノ高根ノ雪ゲノ水、マツトモ〳〵ヨモ尽ジ。上野国ニ大河二《ふたつ》アリ。北山《きたの》ヨリ流タルハ利根河ト名《なづ》ケ、西山《にしの》ヨリ流レタルハ安加妻河ト名タリ。渋河ト云《いふ》所ヨリ二ノ河一《ひとつ》ニナリテ、下野国ヘ流レタリ。昔在中将ノムレヰテ、『イザコトヽハムミヤコドリ』トナムコミタリケル角田河ト申《まうす》ハ此《この》河ノ事也。坂東太郎トテ関東第一ノ大河也。サレドモ、去治《いんじ》承元年三月ノ比《ころ》、春雨幽々トシテ山ノ雪水𣷹々[1]ト有ケルニ、宇治河ヲ足利又太郎俊綱ハ生年十七歳ニテ先陣ヲワタシタリケルゾカシ。十七歳ノ小冠[2]ダニモ渡シタリケルゾカシ。『又太郎トテモ鬼神ニテハヨモアラジ、凡夫ニテコソ有ラメ』ト思テ、重忠モ大洪水ノ時タビ〳〵彼《か》ノ角田河ヲ渡《わたし》タルコト侍キ。況《いはむ》ヤ此《この》河ヲミルニ、彼《かの》角田河ホドハヨモアラジ。水ノ心《こころを》見ワタスニ、馬ノ足タヽヌ所五反計《ばかり》ニハヨモスギジ。ラムグヰ、逆向木《さかもぎ》ハ切落シヌ、水上《みづの》水中《みづの》サハリ有ベシ[3]。熊谷、平山フセキ矢射ルメリ。今何ノ恐カ有ベキ。臆心更ニ有ベカラズ。渡セヤ殿原」トテ、河ノハタヘゾ打ノゾミタリケル。伴沢六郎成清、本田次郎近経以下ノ郎等五百余騎、クツバミヲナラベテス丶ミケリ。

其時、二万五千余騎ノ軍兵、我モ〳〵トス丶ミケル中ニ、梶原源太景季[4]ト佐々木四郎高綱ト、相互《あひたがひ》ニキミアヘル者共ニテ、我サキニ渡サムト打ノゾミケル処ニ、佐々木、「誠ヤ、生𣼇ヲバ、コ丶ニノラムトテコソ引セタリツルニ、忘テムゲル事ノ口惜《くちをし》サヨ」ト思テ、乗移ケルマニ、源太三反計《ばかり》ス丶ミテケリ。

1 「𣷹」、読み未詳。あるいは「淼」もしくは「㳙」の誤写か。淼ハルカナリ・ヒロシ・オホミツ或作渺（類聚名義抄）、㳙ヘン・オホミツ・ミナキル（龍谷大学本倭玉篇）。北原本は「淼」とする。

2 「冠」、底本ワ冠を欠く。誤写と見て改めた。

3 「有ベシ」、底本のまま。「有マジ」もしくは「無カルベシ」とあるべきか。

4 「景」、底本「置」。改めた。

「穴《あな》ユヽシノ事ヤ。生飡ヲ給ハリナガラ、後陣[1]ハタシタラム事ノ面目[2]ナサヨ。イカヾスベキ」ト思テ、「ヤ、梶原殿。宇治河ハ上ハノロクテ、ソコハヤシ。底ニ縄《つな》[3]ナムドモ有ラムト、馬ノ腹帯《はるび》ノ以外《もつてのほか》ニノビテミヘ候ゾ。モシソコヅナニモカヽリ、石ニモケツマヅカム時、鞍フミカヘシテ河《かはの》中ニテ不覚シ給フテ、人ニ咲《わらは》レ給ナ。引テミ給ヘ」トゾ云タリケル。梶原、「誠ニサモ有《ある》ラム」ト思テ、左右《さう》ノ鐙ヲフミスカシテ引テミレバ、ハルカニノビタリケリ。梶原悦テ[4]思ケレバ、「京都ハシラズ、関東ノ武士ハ、人ニ不覚ヲセサセ、我ハ甲《かうの》ワザヲセムトコソスルニ、今ノ佐々木殿ガ芳恩コソ謝シガタクハ覚《おぼゆ》レ」トテ、ハルビヲトキテゾシ[5]メリケル。手縄《たづな》ヲユガミニステラレテ、馬ハツキアシニコソナリニケレ。佐々木ハ、「コヽ、コソヨキヒマヨ」トハセヌケテ、ツト先立タリ。近江国住人ニテ、河ノ案内ハヨク知タリ、関東第一ノ名馬、生飡ニハ乗タリケリ、畠山ニモ梶原ニモスヽムデ、マ先ニゾ渡シタリケル。

梶原此ヲミテ、「キタナシ。ワギミニハダシヌカルマジキモノヲ」トテ、ザト河ヘゾ打入レケル。此ヲ初トシテ、二万五千余騎、我モ〳〵ト打入タリ。馬筏ヲツクリテ渡シケレバ、河ノ水ナガレモヤラズ、ウハテハ更ニ大海トゾ変ジケル。

佐々木四郎、先陣係《かけ》テ申ケルハ、「人ヲバシラズ、高綱ガ郎従等、能々《よくよく》心ニ用意セヨ。事モナノメニ思テ不覚スナ。ツヨキ馬ヲバヲモテニ立ヨ。ヨハキ馬ヲバシタニナセ。敵ハイルトモ、河中《かはの》ニテ答《たふ》ノ矢イムトテ不覚スナ[6]。射向ノ袖ヲ顔ニアテ、、シコロヲチトカタムケヨ。イタク傾ケテ凹反[7]イサスナ。若者共鞍ノ後《しり》ニノリサガテ、馬ノ頸ヲ軽クセヨ。逸物《いちもつ》ナレバトテ、馬ニ心[8]ユルシテ、常ニハ鞭ノカケヲシテ、馬ヲキビシク驚カセ、遠クハ弓ヲサシチガヘ、近ハタガヘニ手ヲ取テ、馬ニ力ヲ加フベシ。人ノ馬シヅミゲナラバ、其《その》尾ヲ取テ引アゲヨ。大石アラバシタテヲメグレ。ウハテニカ、テ、馬タヲスナ。底ヅナアラバ馬ノ頸ヲ下リニムケヨ。ラムグヰアラバ、逆向木《さかもぎ》アリト思ベシ。波ニハノラムト手綱ヲスクヘ。イタクスクヒテ引カヅクナ。渡セヤ〳〵。ツヨクノレ。鐙

1 「ハタシ」、長門本「わたし」
2 「面」、丁末に「面」とあり、次丁頭にも「面」とある。衍字とみて、一字を削除した。
3 縄ツナ（類聚名義抄）
4 「思ケレバ」、底本のまま。「思ケルハ」とあるべきか。
5 「シメリケル」、底本のまま。「シメタリケル」とあるべきか。
6 「本」にミセケチ、「スナ」と傍書。底本はカタカナの「スナ」を漢字の「本」と読み誤ったものか。傍書に従った。
7 「凹天」、「てへん」と読むべきところであるが、所拠未詳。
8 「心ユルシテ」、底本のまま。「心ユルサデ」とあるべきか。

フムバレ。立アガレ」トテ、マ十文字ニザット打ワタシタリ。渡シハテケレバ、箙ノホウダテ打[1]タヽキ、紅ノ扇ヒラキ仕《つかひ》[2]テ、「音ニモ聞ラム、目ニモミヨ。佐々木ノ四郎高綱、宇治河《うぢがはの》先陣渡シタリヤ」トゾ名乗ケル。生浪ハ河ノ深クナルマヽニ、スヽミ出ル事一《いち》ハヤシ。水ハ鐙モ未ダヌラサヾルニ、コノ白浪ハマリアガリテ、ムナガヒ、シホデニカ[3]ヽリケリ。況《いはむ》ヤ、ミドコニナリテヲヨギケルトキハ、鵜[4]鴨鴛鴦《をし》ニコトナラズ。鞍爪マデモシヅマザリケレバ、舟棹《ふねにさをさ》ス心地シテ、袴ノクヽリモヌラサヾリケリ。六反計《ばかり》先立テ向ノ岸ニザトノボル。ツヾク郎従一人モナガレザ[5]リケリ。佐々木ハ独言ニ、「穴《あな》イカメシヤ」トゾ云タリケル。石岸《いはぎし》ノ上、高キ処ニ打アガテ、二万五千余騎、我モ〳〵トヲヨガセケルヲ、「ア、面白」トテ、扇ハラ〳〵トツカヒ、ハル〴〵トミクダシテ居タリケル。

畠山ハ、「先陣ヤカクル」ト思テ、先《まづ》一番ニ打出タリケルガ、二万余騎ノ軍兵ニ力ヲ加ヘ意趣ヲ起サシメムタメ、「此ヨリ遙ニ大《おほき》ナル坂東太郎角田河ヲダニモ渡シタリシゾカシ。況《いはむ》ヤ此程ノ[6]小河《せうが》ヲ、誰ノ輩《ともがら》カ渡サヾルベキ」ナド、人ニ心ヲツケムトシケル程ニ、佐々木四郎ニゾ渡シ[7]ニケル。畠山同ク渡シケリ。二万五千騎ノ兵共ニセカレテ、シタテヲワタシケル雑人ハ、股膝ニゾ水ハ立ケル。自《おのづか》ラハヅル、水ニハナニモタマラズヲシ[8]流サレケリ。木曾ガ手ニ山田次郎ガ郎等、[9]黒皮威ノ腹巻キテ、三枚甲ニ左右ノ小手ニ、大太刀ハキテ、中黒ノ征矢《そや》負タルガ面《おもて》ニ立テ、能《よく》引テ放《はなつ》矢、河中《かはなか》ニテ畠山ガ馬ノ額ニ立ニケリ。射ラレテ馬ヨハリテミヘケレバ、鐙ヲ越《こし》テ下立《おりたち》タリ。水ハ甲ノ星ヲ洗テ通リケル。水モ早ク鎧モ重ケレド、畠山スコシモタユマズ渡《わたし》テ行ク。

爰《ここ》ニ武蔵国住人大櫛彦次郎季次ト云《いふ》兵アリ。畠山ヨリ五反計《ばかり》上手ヲ渡シケルガ、馬ヨハリテ河中ヨリ馬ニハナレテ流レケルガ、弓長計《ゆんだけばかり》ヨリ下ニ甲ノ鉢ヨリ見《みえ》タリケレバ、大櫛、畠山ニハ兼テヨリ目ヲ係《かけ》タリケルガ、水中《みづの》ニナリテ見失《みうしなひ》テ有ケルガ、只今見付テ忩《いそ》ギ流《ながれ》ヨリテ、甲ノ鉢ニゾ取付タリケル。畠山是ヲモ不レ知シテ渡ケルガ、「ナドヤラム、甲ノ重《おもき》ハ。水カサノ増ル歟《か》、

1 「タ」、底本脱字。補った。
2 仕ツカフ（類聚名義抄）
3 「ニ」、底本は踊り字の「ヽ」。誤写と見て改めた。
4 鷲カリ（類聚名義抄）
5 「レザ」、「カ」と「リ」の間に〇印、「レサ」と傍書。「ナカリケリ」を訂したもの。後補か。
6 Xǒga（日葡辞書）
7 「シ」、底本のまま。「レ」とあるべきか。あるいは「佐々木四郎ゾ」とあるべきか。
8 「シ」、「ヲ」と「流」の間に〇印、「シ」と傍書。
9 「皮」、底本「彼」。誤写と見て改めた。

我身ノヨハルカ」ト振リ仰《あふぎ》テ見タリケレバ、褐衣《かち》[1]ノ直垂ニ洗革ノ鎧キテ、黒ツバノ矢負《おひ》タル兵ナリ。其時畠山、「甲ニ取付タルハ何《いか》ナル者ゾ」。取アヘズ、「大櫛次郎季次ニテ候」。畠山、「イシクモ取付タリ」ト宣ケレバ、季次、「スデニ河尻ヲコソ見テ候ツレ」。畠山、向《むかひ》ノハタ近ク成テ、乱杭《らんぐひ》ニ上リテ申ケルハ、「ヤウレ大櫛、今ハ三弓長計《みゆんだけばかり》ゾ有ラム。水ノシタ二丈計ニハヨモスギジ。是ヨリ向《むかひ》ヘハ投コサムハ何《いか》ニ」。大櫛、「トモカクモ御 計《はからひ》ニテコソ候ハメ」ト申ケレバ、畠山、大櫛ヲ弓手ノカヒナニノセテ投越タリ。大櫛足ヲカヾメテ弓杖ヲツキテゾ立タリケル。大櫛、甲ノ緒ヲシメ、弓取ナヲシテ、奇怪ノ言《ことば》ヲゾツカヒケル。「河ヘ打入ル、事ハ畠山一番也。向ノ岸ヘ着《つく》事ハ武蔵国ノ住人大櫛彦次郎季次、マ先也」トゾ名乗ケル。此ヲ聞テ敵モ御方《みかた》モ一同ニハトゾ咲《わらひ》ケル。「弓矢取《とる》者ノ心ヅカヒハ、カフコソ有ベケレ」トゾ各《おのおの》申シケル。

向ノ方ヨリ三百余騎矢サキヲ調《ととのへ》[2]テ、引取〱射サセケレドモ、二万五千余騎ノ大勢責カヽリケレバ、宇治ノ手破レテ、都ノ方ヘゾ落行ケル。九郎義経ハ敵ノ跡ヲ目ニツケテ、都ノ方ヘゾ責入ケル。

勢多ヲバ稲毛三郎、榛谷四郎ガ計《はからひ》ニテ、タナカミノ貢御《グご》ヲ渡テ追落ス。サテ今井四郎兼平、三郎先生等防戦《ふせき》ケレドモ、無勢《ぶせい》ナリケレバ散々ニ係《かけ》チラサレテ、同ク京へ帰行ク。

サテ宇治、勢多渡《わたし》タル日記、鎌倉へ進《まゐら》セタリケレバ、宇治河ノ先陣ハ近江国住人佐々木四郎高綱トゾ被レ付タリケル。

義経ハ馬次第ニ京へ入ル。

木曾ハ宿所ニ帰リテ、松殿ノ姫君ヲ取テ置タリケル、別ヲ惜テ振捨ガタサニ不二打出一ケレバ、木曾ガ仕《つかひ》ケル今参《いままゐり》、越後中太家光ガ申ケルハ、「雲霞ノ如ク大勢已《すで》ニ近付タリ。イカニカクテオハシマスゾ」トイヘドモ打立ズ。義仲、ヲトモセザリケレバ、家光、「世中今ハカフ」トテ、「終ニ遁ルベキニ非ズ」トテ、腹カキ切テ臥ニケリ。木曾是ヲミテ、「義仲勧メムトテ、家光イシウモ

1 褐衣カチ（伊呂波字類抄）

2 調ト、ノフ（類聚名義抄）。闘諍録「揃」。底本は、三八頁九行目に「矢前ヲト、ノヘテ」、三九頁二行目に「矢前ヲソロヘテ」などとある。

自害シタル物哉《かな》」トテ、ヤガテ打出ニケリ。

義仲、先《まづ》使者ヲ院《ゐんの》御所ヘ奉テ申ケルハ、「東国ノ凶徒、已ニ責来ル。忩《いそぎ》醍醐ノ辺ヘ可レ有二御幸一」ト申タリケレバ、「更ニ此《この》御所ヲバ不レ可レ有二御出《ぎよしゆつ》一」ト被二仰遣《おほせつかはされ》一ケリ。爰《ここ》ニ義仲、赤地錦ノ直垂ニ、紅ノ衣ヲ重ネテ、石打ノ胡簶《ヤナグイ》ニ、紫威《むらさきをどしの》冑ヲ着テ、随兵六十余騎ヲ率テ、院ノ御所ヘ馳参ル。剣ヲヌキカケ、目[1]ヲ瞋《いからかし》テ、砌《みぎり》ノ下ニ立《たて》リ。御輿ヲ寄ス。「可レ有二臨[2]幸一」之由ヲ申ス。上下色ヲ失ヒ、貴賤魂ヲケス。公卿ニハ花山院大納言兼雅、民部卿成範、修理大夫親信、宰相中将定能、殿上人ニハ実教、成経、家俊、家長祗候シタリケルガ、各《おのおの》皆藁沓ヲ着シテ御共ニ参ゼムトテ、庭上ニ被二下立一タリ。人〱涙ニ咽テ東西ヲ失給ヘリ。叡慮只ヲシハカリ奉ルベシ。義仲ガ郎等一人馳来テ申ケルハ、「敵已ニ最勝光院、柳原マデ近付」ト申ケレバ、指《さし》テ申《まうす》旨モ無キ臨幸ノ事ヲ抛《なげす》テ、門下ニシテ騎馬ス。東ヲ差テ馳行テ、河原ニ出ヅ。六条河原ニシテ、根井行親、楯六郎親忠、二百余騎ニテ義仲ニ行逢ヌ。院中ノ上下手ヲニギリ、立テヌ願モナカリケルシルシニヤ、其後忩《いそ》ギ門々ヲサ、レケリ。

河原ヲミレバ東国ノ武士ヒマヲ諍ヒテ充満《みちみち》タリ。義仲申ケルハ、「合戦今日ヲ限トス。身ヲモ顧ミ、命ヲ惜マム人〳〵ハコ、ニテ落ベシ。戦場ニ臨テ逃走テ、東国輩《とうごくのともがら》ニ被レ欺《あなづられ》ム事[3]、生前《しやうぜん》ノ恥也」ト申セバ、行親、親忠等ヲ始トシテ申ケルハ、「人生《むまれ》テ誰《たれか》ハ死ヲ遁《のがれ》ム。老テ死ヌルハ兵ハ[4]恨也。就レ中其《なかんづくにその》恩ヲ食《はみ》テ其死ヲ不レ去《さらざる》ハ、又兵ノ法也」ト云テ退ク者ナシ。

畠山次郎重忠五百余騎ニテ引《ひか》ヘタリ。義仲、馬ノ頭《かしら》ヲ八文字ニ立テヨセテ、声ヲ揚テ鞭ヲ打テ係《かけ》入レバ、重忠ガ随兵中《なか》ヲアケテ、入組、入チガヘ、弓手ニアヒ、メテニアヒ戦フ。義仲ウラヘトヲレバ、二河ノ左衛門尉頼致ヲ始トシテ、三十六騎被二打取一。河越小太郎重房三百余騎ニテ引ヘタリ。義仲馬ノ頭ヲ鴈行《がんかう》[5]ミダサズ立《タ》テ下シ係入レバ、重房ガ兵《つはもの》ノ外ヲカコミ、内ヲツ、ムデヲリフサゲテ戦フ。義仲ウラヘ係通レバ、楯六郎親忠ヲ始トシテ十六騎ハ被レ討ヌ。佐々木四郎高綱二百余騎ニテ引ヘタリ。義仲馬《むまの》足ヲ一面ニ立並テ、敵ヲ弓手ニ係《かけ》

1 Meuo icaracasu（日葡辞書）
2 「臨」、底本「悦」。五行後に「臨幸」とある。改めた。
3 欺アナツル（類聚名義抄）
4 「ハ」、底本のまま。「ノ」とあるべきか。
5 鴈行ガンカウ陣名（伊京集）

背《そむ》ケテ、前輪ニカヽリ、甲ヲヒラメ、馬ヲ馳並テウラヘヌクレバ、高梨ノ兵衛忠直ヲ始トシテ十八騎被㆓打取㆒ヌ。梶原平三景時三百余騎ニテ引ヘタリ、義仲馬ノ足ヲ一所ニ立重《たてかさね》テ、敵ヲサキニ係アマシテ、ウラヘ係トヲレバ、淡路ノ冠者宗弘ヲ始トシテ十五騎被㆓打取㆒ヌ。渋屋庄司重国二百余騎ニテ引ヘタリ。義仲、馬《むまの》足ヲ立乱シテ、思々《おもひおもひ》ニ係入ル。重国ガ随兵ヲシカコミテ、ヒマヲ諍ヒ、ツメヨセテヲリカケ〳〵戦フ。義仲ウラヘトヲレバ、根井行親ヲ始トシテ廿三騎ハ被㆓打取㆒ヌ。

爰《ここ》ニ源九郎義経此《これ》ヲ見テ、三百余騎馬ノ足ヲツメナラベカサナリ入レバ、敵両方ヘアヒワレケルヲ、四方ニ懸《かけ》乱リ駈立テ、矢前《やさき》ヲトヽノヘテ射取ケレバ、義仲ガ軍《いくさ》、忽《たちまち》ニ敗《やぶれ》テ、六条ヨリ西ヲ指テ馳行ク。義仲、忽威《たちまちにかかやかして》[1]㆓三軍之士㆒、雖㆑敗㆓万囲之陣㆒、義経又廻《めぐらして》㆓必勝之術㆒、退《しりぞく》㆓強太之兵㆒。義仲左右ノ眉ノ上ヲ共ニ鉢付ノ板ニ被㆓射付㆒テ、矢二筋相係《あひかけ》[2]テ、院《ゐんの》御所ヘ帰参セムトシケルヲ、少将成経門ヲ閉テ鏁《くさり》ヲ指シタリケレバ、再ビ三《みた》ビ門ヲ押ケルヲ、

1　威カ、ヤク（類聚名義抄）
2　「相係テ」、盛衰記「折懸テ」
3　「不堪」、長門本「こらへず」。堪コラユル（黒本本・饅頭屋本節用集）
4　「モ」、底本「シ」。誤写とみて改めた。

源九郎義経、梶原平三景時、渋屋ノ庄司重国已下《いげ》十一騎、鞭ヲ打テ轡《くつばみ》ヲナラべ、矢前ヲソロヘテ射ケレバ、義仲不レ堪《こらへず》[3]シテ落ニケリ。義経ハ木曾ト見テケレバ、「義仲モ[4]ラスナ、若党。木曾ニガスナ、者共」ト下知《げぢ》シテ、院ノ御所へ馳参ル。義経ガ郎等馳ツヾキテ義仲ヲ追ケリ。

八　義経院御所へ参事

大膳大夫業忠ガ御所ノ東ノ築垣《ついがき》ニ上テ、四方ヲ見マハシテ居タルニ、「六条西洞院ヨリ、武士御所ヲサシテ馳参ル」由申ケレバ、法皇大ニサワガセオハシマス。「義仲ガ又帰参《かへりまゐ》ルニコソ。今度ゾ君モ臣モ世ノ失《うする》ハテヨ」トテ、肝心《きもこころ》モウセ、「コハイカヾセム」ト怖《おぢ》アヘル処ニ、業忠ヨク〳〵見給テ、「義仲ガ余党ニテハ候ハザリケリ。笠ジルシ替《かはり》テ見へ候。只今馳参テ候ナルハ東国ノ兵ト覚候」ト申《まうす》程ニ、義経門ノキハ近《ちかく》打ヨリテ、馬ヨリ飛下テ、業忠ニ向テ申ケルハ、「鎌倉右兵衛頼朝ガ舎弟、九郎義経ト申《まうす》者コソ参テ候へ。見参ニ入サセ給ヘ」ト申ケレバ、業忠余《あまり》ノウレシサニ、築垣ヨリ忩《いそ》ギ下ケルガ、腰ヲゾツキ損ジタリケル。イタサハウレシサニマギレテ、匍々《はふはふ》参テ奏聞シケレバ、御安堵シテゾ思召サレケル。上下大ニ悦テ、忩ギ門ヲゾ被レ開ケル。

九郎義経ハ赤地ノ錦ノ直垂ニ、紅スソゴノ鎧ニ、鍬形打タル甲ヲバ持セテ不レ着、石打ノ征矢《そや》ヲヒ、金作《こがねづくり》ノ大刀ヲゾハイタリケル。紙ヲ弘サ一寸計《ばかり》ニキリテ、弓ノトリ打所《うちの》ニ「南無崇廟八幡大菩薩」ト書テ、左巻ニゾマヒタリケル。此ゾ今度ノ大将軍ノシルシニテ有ケル。義経ヲ始トシテ六人ゾ有ケル。残《のこり》五人之内、一人ハ武蔵国住人秩父《ちちぶが》末葉畠山庄司次郎重忠、白《しろき》唐綾ノ鎧直垂ニ、射向ノ袖ニハ紺地ノ錦ヲイロヘタルニ、紫スソゴノ鎧ニ、大中黒ノ征矢焼絵シタルヲ負タリケリ。一人ハ同国《おなじきくにの》住人河越太郎重頼、重目結ノ鎧直垂ニ、射向ノ袖ニ赤地ノ錦ヲイロヘタルニ、黒糸威ノ鎧ニ、大切《おほきり》ウノ征矢ノ、ウハヤニ安摩《あま》ノ面《おもて》ハギタルヲ負タリケリ。一人ハ相模国住人渋谷庄司重国、褐《か》衣《ち》ノ鎧直垂ノ菊トヂシタルニ、大荒目ノ洗皮《あらひがは》ノ鎧ニ、香摺尾ノ征矢負タリ。

一人ハ相模国住人梶原源太景季、蝶目結ノ鎧直垂ニ、薄紅ノ鎧キテ、ツマ白ノ征矢負タリ。一人ハ近江国住人佐々木四郎高綱、萌黄ニホヒノ鎧直垂ニ、赤威ノ鎧ニ、金作ノ大刀、小中黒ノ征矢負タリ。重忠ヨリ始テ次第ニ名乗申ケリ。六人兵《ろくにんの》、皆甲ヲバ郎等ニモタセテ、直垂モ思々《おもひおもひ》色々ニカハリタリケレドモ、弓ハ皆塗ゴメ藤ニテゾ有ケル。五人ハ中門ノ外、御車宿《くるまやどり》ノ前ニ立ナラビタリ。義経ハ中門ノ大床へ打ヨセテ立タリ。公卿殿上人、大床ニ立出テ目ヲスマサル。法皇御感《ぎよかん》ノ余ニ、中門ノ連子ヨリ叡覧アリテ、「ユ、シゲナル奴原《やつばら》カナ」トゾ仰《おほせ》アリケル。

　大膳大夫業忠仰《おほせ》ヲ承テ、軍《いくさ》ノ次第ヲ召問ハル。義経申ケルハ、「義仲謀反之由、頼朝承候テ、大ニ驚テ、舎弟蒲冠者範頼、幷《ならびに》義経ヲ始トシテ、宗《むね》トノ侍三十人ヲ差上セ候。其勢六万余騎、二手ニ分《わけ》テ、宇治、瀬多両方ヨリ罷入《まかりいり》候。範頼ハ勢多ヨリ参候ガ、未レ見《いまだみえず》候。義経ハ宇治ノ手ヲ追落シテ、忩《いそ》ギ馳参テ候。義仲ハ河原ヲ上リニ落候ツルヲ、郎等共アマタ追《おは》セ候ツレバ、今ハ定テ討[1]候ヌラム」ト、事モナゲニゾ申ケル。被㆓仰下㆒ケルハ、「義仲ガ余党ナムドㅤ参テ、狼籍仕ル事モコソアレ。義経ハカクテ御所ノ守護ヨク〳〵仕《つかまつれ》」ト被㆓仰下㆒ケレバ、「畏《かしこまり》テ承候」トテ、門々ヲ固メケリ。兵共馳参テ、一万騎計《ばかり》ニ成ニケリ。六条殿ノ四方ニ打囲ミテ候ケルアヒダ、法皇タノモシクゾ被㆓思食《おぼしめされ》㆒ケル。人々モ安堵シテケリ。

其後三十騎計《ばかり》馳来リテ、六条河原ノ東ノ河バタニ引《ひか》ヘタリ。其《その》中ニ武者二騎ス、ミケリ。一人ハ塩屋五郎是弘、勅旨河原権三郎有則也。塩屋申ケルハ、「後陣ノ勢ヲヤ待ベキ」。勅旨河原申ケルハ、「一陣破《やぶれ》ヌレバ残党不㆑全《まつたからず》。只係《かけ》ヨ」トゾ申ケル。

サルホドニ、ヲツキ〳〵ノ勢、三万騎ノ大勢、都ヘ乱レ入リヌ。

1　「討」、底本「計」。改めた。長門本「討」、盛衰記「打取」

九　義仲都落ル事
付義仲被討事

木曾ハ、「若《もし》ノ事アラバ、院取進《まゐらせ》テ西国ヘ御幸成シ進《まゐらせ》ム」ト、力者廿余人ソロヘテ置タリケレドモ、院ノ御所ニハ九郎義経参籠《まゐりこもり》テ守護シ進セケレバ、可レ奉レ取様《とりたてまつるべきやう》モナカリケリ。義仲、「今ハカウ」ト思切テ、数万騎ノ勢ノ中ヘヲメイテ係入《かけいり》テ戦ヒケリ。被レ打ナムトスル事度々ニ及《およべ》リト二云《いへ》ドモ、係破リ〳〵トホリケリ。「カヽルベシトダニ知タリセバ、今井ヲ勢多ヘヤラザラマシ物ヲ。幼少竹馬ノ昔ヨリ、『若《もし》ノ事アラバ、手ヲ取クミテ一所《いつしよ》ニテ死ム』トコソ契シ物ヲ。所々ニ臥《ふさ》ム事コソ口惜《くちをし》カルベケレ。今井ガユクヘヲ見バヤ」トテ、河原ヲ上《のぼり》ニ係《かく》ルホドニ、大勢追テカヽレバ、六条川原ト三条川原トノ間ニテ、取返〳〵五六度マデ係靡《かけなびか》シテ、終ニ三条川原ヲ係破テ、東国《とうごくの》方ヘゾ落ニケル。

去年ノ秋[1]、北国ノ大将軍トシテ上リシニハ、五万余騎ナリシカドモ、今、粟田[2]口ニ打出[3]テ関山ヘカヽリシカバ、其勢僅《わづか》ニ主従七騎ニ成ニケリ。マシテ中有《ちうう》ノ旅ノ空、思遣《おもひやら》レテ哀也。

七騎ガ中ノ一騎ハ鞆絵ト二云ヘル美女也。紫皮ノケチヤウノヒタヽレニ、萠黄ノ腹巻ニ、重藤ノ弓ニ、ウスベウノ矢ヲ負《おひ》、白葦毛《しらあしげ》ナル馬ノ太ク逞シキニ、小《こ》

1 「秋」、「春」にミセケチ、「秋」と傍書。長門本「春」

2 「田」、底本脱字。補った。

3 「テ」、底本「ノ」。誤写と見て改めた。

舳《とも》絵《ゑ》スリタル貝鞍置テゾ乗リタリケル。木曾ハ幼少ヨリ同様《おなじやう》ニソダチテ、ウデヲシ、頸引ナムド云力態《いふちからわざ》、係組《かけくみ》テシケルニ、少モ劣ラザリケル。カヽリシカバ木曾身近《みぢかく》ツカハレケリ。爰ニ誰トハ不レ知、武者二人追カヽル。鞆絵馬引《ひか》ヘテ待《まつ》処ニ、左右ヨリツトヨル。其時左右ノ手ヲ差出シテ、二人ガ鎧ノワタガミヲ取テ、左右ノ脇ニカヒハサミテ、一シメ〳〵テ捨テタリケレバ、二人ナガラ頭ヲモジケテ死ニケリ。女ナレドモ究竟《くつきやう》ノ甲者《かうの》、強弓精兵、矢ツギ早ノ手キヽ、ナリ。軍《いくさ》ゴトニ身ヲ不レ放具《はなたずぐせ》ラレケリ。齢《よはひ》三十計《ばかり》也。童部《わらはべ》ヲ仕様《つかふやう》ニ朝夕仕ケリ。

木曾ハ龍花ヲ越《こえ》テ北国へ趣クトモ聞《きこえ》ケリ。又、中坂[1]ニカヽリテ丹波国へ落ツルトモ云ケルガ、サハナクテ、乳母子ノ今井ガ行《ゆく》ヘヲ尋ムトテ、勢多ノ方へ行ケルガ、打出ノ浜ニテ行合ヌ。今井ハ五百余騎ノ勢ニテ有ケルガ、勢多ニテ皆係散《かけちら》サレテ、幡《はた》ヲ巻セテ三十騎ニテ京へ入ケルガ、木曾、今井ノ四郎ト見テケレバ、互ニ一町計リヨリソレト目ヲカケテ、小馬《こま》ヲ早メテヨリ合ヌ。轡ヲ並テ木曾ト今井ト手ヲ取クミテ悦ケリ。木曾宣ヒケル[2]ハ、「去年栗柄ガ谷ヲ落シテヨリ以降《このかた》、敵ニ後ヲミセズ。兵衛佐ノ思ワム事モアリ、都ニテ九郎ト打死セムト思ツルガ、汝ト一所《いつしよ》ニテトモカウモ成《なり》ナムト思テ、是マデキツル也」ト云《いへ》バ、今井ハ涙ヲ流シテ申ケルハ、「如レ仰《おほせのごとく》敵ニ後ヲ可レ見《みすべき》ニハ候ワズ。勢多ニテ何《いか》ニモ成ベキニテ候ツルガ、御行《おんゆく》エノオボツカナサニ、是マデ参テ候也。主従ノ契クチセズ候ナリ」トテ、涙ヲ流シテ悦ケリ。木曾ガ旗指ハ射殺サレテナカリケリ。木曾宣ヒケルハ、「汝ガ旗指上《さしあげ》テミヨ。若《もし》勢ヤツク」ト宣ヒケレバ、今井、高所《たかき》ニ打上テ、今井ガ幡《はた》ヲ指上タリケレバ、勢多ヨリ落ツル者ト、京ヨリ落者《おつる》トモナク、五百余騎ゾ馳参ル。木曾是ヲミテ悦テ、「此ノ勢ニテ、ナドカ今一度、火出《いづる》ホドノ軍《いくさ》セザルベキ。哀レ、死ヌトモ吉《よか》ラム敵ニ打向テ死《しな》バヤ」トゾ宣ヒケル。

サルホドニ、「爰《ここ》ニ出来タルハ誰《た》ガ勢ヤラム」ト宣ヘバ、「アレハ甲斐ノ一条殿ノ手トコソ承ワレ」。「勢イカホド有覧《あるらむ》」ト問給ヘバ、「六千余騎トコソ

1 「中坂」、長門本・覚一本「長坂」
2 「ル」、底本「レ」。誤写と見て改めた。

承ワレ」ト申ケレバ、「敵モヨシ、勢モ多シ。イザヤ係《かけ》ム」トテ、木曾ハ赤地ノ錦ノ直垂ニ、ウス金ト云唐綾ヲドシノ鎧ニ、白星ノ甲キテ、廿四指タル切文《きりふ》ノ矢ニ、塗ゴメ藤ノ弓ニ、金作《こがねづくり》ノ大刀ハイテ、白葦毛馬《しらあしげの》ニ、黄伏輪ノ鞍置テ、厚ブサノ鞦《しりがい》カケテゾ乗リタリケル。マ先ニ歩セ向テ名乗ケルハ、「清和天皇十代ノ末葉《ばつえふ》、六条判官為義孫、帯刀先生義賢次男、木曾冠者、今ハ左馬頭兼伊与守、朝日ノ将軍源ノ義仲。アレハ甲斐ノ一条ノ次郎殿トコソ聞《きけ》。義仲打取テ頼朝ニ見セテ悦バセヨヤ」トテ、ヲメイテ中ヘ係入テ、[1]十文字ニゾ戦ケル。一条次郎是ヲ聞テ、「名乗ル敵ヲ打《うて》ヤ者ドモ、クメヤ若党」トテ、六千余騎ガ中ニ取籠テ、一時計《ばかり》ゾ戦ケル。

木曾散々ニ係散シテ、敵《かた》キアマタ打取テイデタレバ、其勢三百余騎ニゾ成ニケル。鞆絵ガ見ヘザリケレバ、「被レ打ニケルニコソ。穴《あな》無慚ヤナ」ト沙汰スル処ニ、鞆絵出来タリ。近付《ちかづく》ヲ見レバ、矢二三《ふたつみつ》射残シテ、大刀ウチユガミ、血[2]ウデ付テウチカヅキテ出来リ。「イカニ」ト人々問ケレバ、「敵アマタ打タリ。打死セムト思ツルガ、君ノ是ニ渡《わたら》セ御坐《おはします》由《よ》シ承テ、打破テ、忩《いそ》ギ馳参テ候」トゾ申ケル。木曾是ヲ聞テ、「イシクモシツル物哉《かな》」トテ、返々《かへすがへす》ホメラレケリ。

サテ勢多ノ方へ行《ゆく》ホドニ、「相模国住人本馬ノ五郎」ト名乗テ追テ係ル。取テ返テ、ヨクヒイテ兵《ひやう》ド射タリ。本馬ガ馬ノムナガヒヅクシニ、羽ブサマデゾ射コミタル。馬逆《さかさま》ニマロビケリ。本馬ハ落立テ大刀ヲ抜ク。木曾、「馬ガツマヅイテ射損ジヌル。ヤスカラズ」トゾ宣ケル。勢多ノ方へ行ホドニ、土肥次郎実平三百余騎ニテ行合タリ。中ニ取籠ラレテ、半時計《ばかり》タヽカヒテ、ザット破テイデタレバ、百余騎ニゾ成ニケル。ナヲ勢多ノ方へ行ホドニ、佐原十郎義連、五百余騎ニテ行合タリ。係入《かけいり》テ散々ニ戦テ、ザト破テ出タレバ、五十余騎ニ成ニケリ。其後、十騎、二十騎、五十騎、百騎、所々ニテ行合〱戦《たたかふ》ホドニ、[3]粟津辺ニ成ニケレバ、主従五騎ニゾ成ニケル。手塚別当、同《おなじく》甥手塚太郎、今井四郎兼平、多胡次郎家包也。鞆絵ハ落《おち》ヤシヌラム、被レ打[4]ヤシヌラム、行

1 「十文字」の「字」、底本脱字。補った。長門本「十もんし」
2 「ウテ」、底本のまま。「ウチ」とあるべきか。
3 「粟」、底本「栗」。誤写とみて改めた。
4 「ヤ」、底本脱字。補った。

方ヲ不レ知ナリニケリ。

猶《なほ》勢多へ行ホドニ、手塚ノ太郎ハ落ニケリ。手塚ノ別当ハ被レ打ヌ。多胡ノ次郎家包ハ係《かけ》イデヽ、「上野国住人、多胡次郎家包ト云《いふ》者ゾ。ヨキ敵ゾヤ、家包打テ勲功ノ賞[1]ニ預レ」ト申テ、散々ニ係ケレバ、「鎌倉殿ノ被レ仰ル、家包ゴサムナレ。『木曾義仲ガ手ニ、上野国住人、多胡次郎家包ト云《いふ》者付《つき》タリ。相《あひ》構《かまへ》テ生取ニセヨ』ト被レ仰タルゾ。誠ニ多胡次郎家包ナラバ、軍ヲ止《や》メ給へ。助奉ラム」ト申ケルヲ、「何条《なんでふ》サル事ノ有ベキゾ」ト申テ、今ハカウト戦ケレドモ、終ニハ生取《いけどられ》ニケリ。今井ト主従二騎ニゾ成ニケル。

木曾、今井ニ押並テ、「去年北国ノ軍ニ向テ、栗柄ガ城ヲ出シヲリニハ、五万余騎ニテ有シ物ヲ。今ハ只二騎ニナレル事ノ哀レサヨ。マシテ中有《ちうう》ノ旅ノ空、思遣《おもひやら》レテ哀也。南無阿ミダ仏〳〵」ト申テ、勢多ノ方[2]ヘゾアユマセケル。「サテイカニ、例ナラズ義仲ガ鎧ノ重クナルハ。イカヾセム」。今井涙ヲ流シテ、「如《おほせのごとく》レ仰、誠ニ哀ニ覚《おぼゆ》ル。未ダ御身モツカレテモ見《みえ》サセ給ワズ、御馬モ未ダヨワリ候ハズ。何故ニカ、今始テ一両ノ御キセナガヲバ重《おもく》ハ被二思召《おぼしめされ》一候ベキ。只御方《みかた》ニ勢ノ候ワヌ時ニ、憶シテバシゾ被二思食一候ラム。兼平一人ヲバ余《よの》武者千騎ト思召セ。アノ松原、五町計《ばかり》ニハヨモスギ候《さうらは》ジ。松原ヘ入《いら》セオワシマセ。矢七八《ななつやつ》射残《いのこし》テ候ヘバ、シバラク防矢《ふせきや》仕テ、御自害ナリトモ心閑《しづか》ニセサセ進《まゐらせ》テ、御共仕ラム」トテ、大津ノ東ノ川原、粟津ノ松ヲサシテゾ馳ケル。大勢未二追付一。勢多ノ方ヨリ荒手ノ者共卅騎計《ばかり》ニテ出来タリ。今井申ケルハ、「君ハ松ノ中ヘ入セ給ヘ。兼平ハ此《この》敵ニ打向テ、シナバシニ、シナズハ返リ参ラム。兼平ガ行《ゆく》ヘヲ御覧ジハテ、ニ[3]、御自害セサセ給ヘ」トゾ申ケル。木曾宣ヒケルハ、「都ニテ打死《うちじに》スベカリツルニ、爰《ここ》マデキツルハ、汝ト一所《いつしょ》ニテ死《しな》ムト思《おもひ》テナリ。纔《わづか》ニ二騎ニ成テ、所々ニ臥《ふさ》ム事コソ口惜《くちをし》カルベケレ」トテ、馬ノ鼻ヲ並テ同係《おなじくかか》ラムトシ給ケレバ、木曾ガ馬ノ轡《くつばみ》ニ取付テ申ケルハ、「[4]年来《としごろ》日来《ひごろ》何《いか》ナル高名ヲシツレドモ、最後時《さいごの》ニ不覚シツレバ長キ代《よ》ノ疵ニテ候ゾ。人ノ乗替、云甲斐《いふかひ》ナキ奴原ニ被二打落一テ、『木曾殿ハ某《それがし》[5]ガ下人ニ被レ打

1 「功」、底本脱字。補った。
2 「方」、底本「ユカ」。漢字の「方」をカタカナの「ユカ」と誤読したものか。長門本に従って改めた。
3 「御覧ジハテ、ニ」、底本のまま。「御覧ジハテヽ後ニ」か。あるいは「ニ」が衍字か。長門本「御らんしはてゝ」
4 「年来」の上に「木曾カ馬」と書写し、各漢字の左に「―」を付してミセケチ。
5 某ソレガシ（黒本本・天正本節用集等）

給《たまふ》』ナドイワレサセ給ワム事コソ口惜ケレ。只松ノ中ヘトク〳〵入給ヘ」ト申ケレバ、理トヤ思給ケム。彼《かの》松ノ下ト申ケルハ、道ヨリ南ヘ三町計《ばかり》入タル所也。其ヲ守《まもり》テ後《うしろ》合《あはせ》ニ馳行《はせゆく》。

爰ニ相模国住人、石田小太郎為久ト云《いふ》者追係《おひかけ》奉テ、「大将軍トコソ見奉候ヘ。マサナシヤ、源氏ノ名ヲリニ。返シ給ヘ」ト云ケレバ、木曾射残《いのこし》タル矢ノ一《ひとつ》アルヲ、取テツガヒテ[1]、ヲシモヂリテ馬ノミヅシノ上ヨリ兵《ひやう》ドイル。石田ガ馬ノ太腹ヲ、ノズクナニ射タテタリケレバ、石田マ逆《さかさま》ニ落ニケリ。木曾ハカウト思テ馳行《はせゆく》。

比《ころ》ハ正月廿[2]一日ノ事ナレバ、粟津[3]ノ下ノ横ナワテノ、馬ノ頭《かしら》モウヅモル、ホドノ深田ニ薄氷ノハリタリケル[4]ヲ馳渡リケレバ、ナジカワタマルベキ、馬ノムナガヒヅクシ、フトバラマデ馳入《はせいれ》タリ。馬モヨハリテハタラカズ、主《ぬし》モツカレテ身モヒカズ。「サリトモ今井ハツヾクラム」ト思テ、後ヲ見返リタリケルヲ、相模国住人石田小太郎為久、ヨクヒイテ兵《ひやう》ドイタリケレバ、木曾ガ内甲《うちかぶと》ヲ矢サキミヘテゾ射出シタリケル。シバシモタマラズ、マカウヲ馬ノ頭ニアテ、ウツブシニ臥タリケルヲ、石田《いしだが》郎等二人馬ヨリ飛下、俗衣《タウサギ》ヲカキ、深田ニ下テ、木曾ガ頸ヲバカキテケリ。

今井ハ歩《あゆま》セイデ、敵ニ打向テ、「聞《きき》ケム物ヲ、今ハミヨ。木曾殿ニハ乳母子、信乃国住人、木曾仲三権守兼遠ガ四男、今井四郎中原兼平、年ハ三十二。サル者有《あり》トハ鎌倉殿モ知食《しろしめし》タルラムゾ。打取テ見参ニ入レヤ、人共」トテ、ヲメイテ中ヘゾ係入リケル。聞ユル大力《だいぢから》ノ甲《かう》ノ物、強弓精兵ナリケレバ、敵憶シテ、ザト引テゾノキニケル。

サルホドニ、勢多ノ方ヨリ武者三十騎計《ばかり》馳来ル。兼平待ウケテ、箙《えびら》ニ残ル八筋ノ矢ニテ八騎射落シテ[5]、其後《そののち》大刀ヲ抜テヲメイテカクルニ、面《おもて》ヲ合スル敵ゾナカリケル。「押並《おしならべ》テクメヤ、殿原《ばら》。ヲシヒライテ射取《いとれ》ヤ、人々」ト係廻リケレドモ、只[6]ヒソラヒテ、遠矢ニハ雨ノフル様《やう》ニ射ケレドモ、鎧ヨケレバウラカ、ズ、アキマヲ射《いさ》セネバ手モヲワズ。「木曾被レ打ヌ」ト聞テ馳来リ、

1 「ヒ」、底本「レ」。誤写と見て改めた。

2 「廿一日」、底本は一旦「廿日」と書写し、「廿」と「日」の間に「一」を書き加える。後補か。さらに「廿一日」の右に「廿八日イ」と傍書し、塗り潰して消去。長門本・盛衰記・闘諍録「廿日」。覚一本「廿一日」

3 「粟」、底本「栗」。誤写と見て改めた。

4 「リ」、「ハ」と「タ」の間に○印、「リ」と傍書。

5 「騎」、底本「馳」。誤写と見て改めた。

6 「ヒソラヒテ」、長門本「ひきつめて」、盛衰記「開テ」

「吾キミヲ打奉ル人ハ誰人ゾヤ。其《その》名ヲ聞《きか》バヤ」ト詈《ののし》リケレドモ、名乗ル者ナカリケリ。「軍《いくさ》シテモ今ハナニ、カセム」トテ、「日本第一ノ甲ノ者ノ、主《しゅう》ノ御共ニ自害スル。八个国ノ殿原、見習給へ」トテ、高キ所ニ打アガリ、大刀ヲ抜テ、キサキヲ口ニクワヘテ馬ヨリ逆《さかさま》ニ落テ、ツラヌカレテゾ死ニケル。大刀ノキサキ二尺計《ばかり》後ヘゾイデニケル。今井自害シテ後ゾ、粟津ノ軍ハ留リケル。

十　樋口次郎成降人事

樋口次郎兼光ハ、「十郎蔵人行家誅《うつ》[1]ベシ」トテ、五百余騎ノ勢ニテ河内国へ下リタリケルガ、十郎蔵人ヲバ打ニガシテ、兼光ハ、女共生取《どもいけどり》ニシテ京へ上ケルガ、淀ノ大渡ノ辺ニテ「木曾殿被レ打ヌ」ト聞《きき》ケレバ、生取共《ども》皆免《ゆる》シテ、「命惜シト思ワム人々ハ、是ヨリトク〱落給へ」ト云ケレバ、五百余騎ノ者共思々ニ落ニケリ。残者《のこる》僅ニ五十騎計《ばかり》ゾ有ケル。鳥羽ノ秋山ノ程ニテハ、二十騎計ニ成ニケリ。

爰《ここ》ニ小玉党ニ、庄三郎、庄四郎トテ兄弟アリケリ。三郎ハ九郎御曹司ニ付奉リタリケリ。四郎ハ木曾殿ニアリケルガ、樋口ガ手ニ付テ上ルト聞《きこえ》ケレバ、兄ノ三郎使者ヲ立テ四郎ニ云ケルハ、「誰ヲ誰トカ思奉ルベキ。木曾殿被レ打給ヌ。九郎御曹司ヘ参リ給ヘカシ。サルベクハ其様《そのやう》ヲ申上候ワム」ト云ツカハシタリケレバ、四郎申ケルハ、「兄弟ノ習、今ニ不レ始《はじめぬ》事ニテ候ヘバ、悦入テ承リ候ヌ。善悪参候ベシ」トゾ返答シタリケル。兄三郎、「サレバコソ」ト相待ケレドモミヘザリケリ。重《かさね》テ使ヲ遣ワシタリケレバ、四郎申ケルハ、「誠ニ両度ノ御使、可レ然《しかるべく》候。尤可レ参《もつともまゐるべき》ニテコソ候ヘドモ、且《かつ》ハ御辺《ごへん》ノ御為ニモ面目ナキ御事ナリ。弓矢ヲ取《とる》習、二心《ふたごころ》アルヲシテ今生ノ恥トス。昨日マデハ木曾殿ノ御恩ヲ蒙テ、二《に》ナキ命ヲ奉ラムト思テ、今又被レ打給テ後、幾程ナキ命ヲタバワムトテ、本主《ほんしゅ》ノ御敵、九郎御曹司ヘ参ラム事、口惜ク候ヘバ、御定《ごちやう》可レ然《しかるべく》候ヘドモ、エコソ参候マジケレ。此《この》御悦ニハ、マ先[2]係《かけ》テ打死シテ、名ヲ

1　誅ウツ（類聚名義抄）
2　「先」、底本「者」にミセケチ、「先」と傍書。

後代ニ上《あげ》、三郎殿ノ面目ヲホドコシ奉ルベシ」ト申タリケレバ、三郎力不レ及。「サテハ、四郎サル者ナレバ、詞タガヘジトテ、マ先[1]ニ出来ナムズ。人手ニハカクマジ。善悪打取テ、御曹司ノ見参ニ入ルベシ。弓矢取《とる》者ノシルシ、是《これ》」ト思テ待係《まちかけ》タリ。如レ案《あんのごとく》、庄四郎打輪ノ旗指テ、マ先ニス、ミテ出来タリ。是ヲミテ庄三郎、「アワヤ四郎ハ出来ルハ」トテ、トカウノ子細ニ不レ及押並テクムデ落タリ。シバシハカラヒケルガ、兄弟同《おなじ》ホドノ力ニテ有ケル間、互ニヒクミテ臥タリケルヲ、三郎ハ多勢ニテ有ケレバ、郎等アマタ落合テ、四郎ヲ手取ニ取テケリ。判官殿ニ進《まゐらせ》タリケレバ、「庄三郎神妙《しんべう》ニ仕リタリ。此《この》勧賞ニハ、四郎ガ命ヲ助《たすく》ル也」ト宣ヒケレバ、四郎申ケルハ、「命ヲ給リ候《さうらふ》。忠ニハ、自今以後《じごんいご》軍ノ候ワムニハ、マ先係《かけ》テ君ニ命ヲ進《まゐら》スベシ」トゾ申タリケル。皆人是ヲ感ジケリ。

サルホドニ、樋口次郎兼光、造路ヲ上リニ四塚ヘムケテ歩セケリ。「兼光京ヘ入ル」ト聞《きこえ》ケレバ、九郎義経ノ郎等共、我モ〳〵ト七条朱雀四塚ヘ馳向テ合戦ス。樋口ガ甥信乃武者ニ千野《チノ、》太郎光弘、三十騎計《ばかり》ニテ先陣ニス、ム武者ニ行向テ、ス、ミ出テ申ケルハ、「イヅレカ甲斐ノ一条殿ノ御手ニテ渡《わたら》セ給候ラム。カク申ハ信乃国住人スワノ上ノ宮ノ千野大夫光家ガ嫡子、千野太郎光弘ト申《まうす》者」ト云ケルヲ、筑前国住人原ノ十郎高綱進出テ申ケルハ、「ヤ殿、必ズ一条殿ノ御手ノカギリニ軍ハスルカ。誰ニテモアレ、向《むかふ》敵トコソ軍ハスレ。近《ちかく》寄合給ヘ。互ノ手ナミ、見タリ見ヘタリセム」トゾ申ケル。千野太郎、「左右《さう》ニ不ㇾ及」トテ、弓手ニスラヒテ[2]二段許《ばかり》寄合テ、十二束ヨクヒイテ兵《ひやう》ド射ル。「高綱」ト云《いふ》口ヲ射通テ、鉢付ノ板ニ射付タリ。馬ニモタマラズ落ムトスル所ヲ、千野太郎押並テ、弓手ノ脇ニカヒハサミテ、腰刀ニテ頸ヲカキ切テ、大刀ノサキニサシツラヌキ、「敵モ御方《みかた》モ此ヲ見給ヘ。向フ者ヲカフコソ習《ならは》セ。敵ヲ嫌《きらふ》ニアラネドモ、一条殿《いちでうどのの》御手ヲ尋《たづぬる》事ハ、光弘ガ弟千野七郎ガ一条殿ノ御手ニアル間、彼ガ見ム前ニテ打死セムト思《おもふ》。其《その》故ハ信乃ニ男子二人モチタルガ、幼ナキ者ニテ候也。成人シテ、『我《わが》父ハ軍ニコソ死《しに》タムナレ。

1　「先」、底本「者」にミセケチ、「先」と傍書。
2　「スラヒテ」、底本のまま。九〇頁一二行目には「弓手ニスラセテ」とある。

光弘最後之時、ヨクテヤ死《しに》ツラム、悪《あしく》テヤ死ケム』トオボツカナク思ワムモ不便《ふびん》ナレバ、子共ニ慥《たしか》ニ語《かたら》セム料ニ、一条殿ノ御手ヲバ尋《たづね》[1]ル、也」ト申テ、大刀ノサキニツラヌキタル頸ヲバナゲステ、、大刀ヲ額ニアテ、大勢ノ中ニ馳入リ、散々ニ戦テ、究竟《くつきやう》ノ敵十三騎切伏テ、終《つひ》ニ自害シテコソ死ニケレ。其《その》弟ノ千野七郎モ係《かけ》出デ、、樋口ガ勢ニ打向テ、敵二人ニ手負《おは》セテ打死ニシテムゲリ。

サルホドニ、「千野太郎被レ打ヌ」ト聞テ、樋口次郎歩《あゆま》セ出シテ申ケルハ、「音ニモ聞ケ、今ハ目ニモ見給へ、殿原。信乃国住人木曾仲三権守兼遠ガ二男、木曾ノ左馬頭殿《さまのかみどのの》御乳母樋口次郎兼光、打取テ、鎌倉殿ノ見参ニ入レ」トテヲメイテ係《かく》ル処ニ、児玉党[2]打輪ノ旗サ、セテ、卅騎計《ばかり》ニテ出来テ申ケルハ、樋口ハ児玉党ノ聟[3]ニテ有ケレバ、「ヤ、殿、樋口殿。人ノ一家《いつけ》ヒロキ中へ入ト云《いふ》ハ、カ、ル時ノ為也。軍ヲトヾメ給へ。和殿ヲバ御曹司ニ申テ助《たすけ》ウズルゾ」ト云テ、樋口ヲ中ニ取籠テ、大宮ヲ上リニ具シテ判官ノ宿所へ入《いる》。九郎義経ニ申ケ

1　「尋ル、」、底本のまま。「たづねらるる」と読むか。あるいは誤写で、

レバ、「義経ガ計《はからひ》ニ叶マジ。院《ゐんの》御所ヘ申セ」トテ、樋口ヲ相具《あひぐし》テ奏聞ス。其期《そのご》過タレバ、「大将軍ニテモナシ。末ノ奴原ヲ切ニ不レ及。九郎冠者ニ預ヨ」トテ、義経ニ被二預置《あづけおかる》一。

廿二日[1]、新摂政師家ヲ奉レ止《とどめたてまつり》テ、本ノ摂政基通成返《なりかへ》ラセ給ヘリ。僅《わづか》ニ六十日ト云《いふ》ニ被レ留《とどめられ》給ヘリ。ホドノナサ、見ハテヌ夢トゾ覚ヘタル。粟田関白道兼ト申ハ、内大臣道隆ノ御子、正歴[2]元年四月廿七日関白ニ成給テ、御拝賀ノ後、只七个日コソオワシマシヽカ。カヽルタメシモアルゾカシ。是《これ》ハ六十日ガ間ニ除目モ二个度行《おこなひ》給シカバ、思ヒデ[3]オワシマサヌニハ非ズ。一日モ摂禄ヲ黷《ケガシ》、万機ノ政ヲ執行《とりおこなひ》給ヒケムコソヤサシケレ。

「尋ル」とあるべきか。
2　「玉」、底本「王」。誤写とみて改めた。
3　「聟」、「聲」に「聟歟」と傍書。傍書に従った。

十一　師家摂政ヲ被止給事

1　「二」、底本「三」の上に「二」と重ね書き
2　「歴」、底本のまま。「暦」とあるべきところ。
3　「テ」に声点⑥

十二　義仲等頸渡事

廿六日、伊与守義仲ガ首ヲ被レ渡。法皇御車《みくるま》ヲ六条東洞院ニタテ、被二御覧一《ごらんぜらる》。九郎義経、六条川原ニテ検非違使ノ手ヘ渡ス。是《これ》ヲ請取《うけとり》テ、東洞院ノ大路ヲ渡テ、左ノ獄門ノアフチノ木ニカク。首四《よつ》アリ。伊与守義仲、郎等ニハ信乃国住人高梨六郎忠直、根井滋野幸親、今井四郎中原兼平也。

樋口兼光ハ降人ナリシヲ、渡シテ被二禁獄一《きんごくせらる》。是《これ》ハリセル其《その》者ニテモ無シ、可レ被レ行二死罪一ニテハナケレドモ、法住寺殿ヘ寄《よせ》テ合戦シケル時、御所ノ可レ然《しかるべき》女房ヲ取奉リテ、衣装ヲハギ取リ、兼光宿所ニ五六日マデ籠置《こめおき》奉リタリケル故ニ、彼《かの》女房カタヱノ女房達ヲ語《かたらひ》テ、「兼光切セ給ハズハ、身ヲ桂川、淀川ニナゲ、深山《ふかき》ヘ入、御所ヲ罷出《まかりいで》ナム」トロ々ニ申ケレバ、力不レ及トテ、同《おなじき》廿七日ニ、五条西朱雀[1]ニテ引出テ、樋口次郎兼光ガ首ヲ被レ刎ヌ。彼《かの》兼光ハ降人ナルニ依テ、昨日大路ヲ渡シテ被二禁獄一。サレドモ、「義仲ガ四天王ノ其一《そのいち》也。死罪ヲ被レ有《バ》、虎ヲ養フ愁可レ有」トテ、殊《ことに》沙汰アリテ被レ切ニケリ。伝聞ク、虎狼ノ国衰テ、諸将如レ蜂競《きほ》ヒ起《おこり》シニ、沛公《ハイコウ》先ヅ感陽宮ニ入ト云ヘドモ、項羽ガ後ニキタ[2]覧《らむ》事ヲ恐テ、金銀珠玉ヲモ掠《かすめ》ズ、扉馬《ハキモノ》[3]、美人ヲモ犯《をかす》事ナカリキ。只徒《いたづら》ニ函谷ノ関ヲ守テ、項羽ガ命《めい》ニ随キ。而シテ後、謀《はかりこと》ヲ廻二シテ翠帳ノ中一ニ、勝《かつ》事ヲ千里外《せんりのほか》ニ決ス。漸々《やうやう》[4]ニ敵軍ヲ滅シテ、終ニ天下ヲ保事ヲ得タリ。義仲モ先《まづ》都ヘ入ルト云《いへ》ドモ、其《それ》ヲ慎シミテ、頼朝ガ下知《げち》ヲ待《また》マシカバ、沛公ガ謀《はかりこと》ニハ不レ劣《おとらざら》マシ物ヲト哀也。義仲悪事ヲ好ミテ天命ニ従ワズ、剰《あまつさへ》法皇ヲ褊《サミ》[5]シ奉リテ叛逆ニ及ブ。積悪《しやくあく》ノ余殃[6]身ニ積《つみ》テ、首ヲ京都ニ伝フ。前業ノツタナキ事[7]ヲハカラレテ無慚[8]也。何《いか》ナル者カシタリケム、札ニ書テ立タリケリ。

宇治川ヲ水ヅケニシテカキワタル木曾ノ御レウハ九郎[9]判官

田畠ノツクリモノミナカリクヒテ木曾ノ御レウハタヘハテニケリ

名ニタカキ木曾ノ御レウハコボレニキヨシナカ〱ニ犬ニクレナム

木曾ガ世ニ有シ時ハ、木曾ノ御料ト云《いひ》テシカバ、草木モ靡《なび》キテコソ有シニ、イツシカ天下ノ口遊《くちずさび》ニ及ベリ。ハカナキ世ノ習ト云ナガラ、トガムベキ人モナ

1　「朱」、底本「牛」。改めた。
2　「タ」、底本脱字。補った。
3　「扉馬」、底本のまま。長門本「細馬」、盛衰記「軍兵」、四部本「皐馬」、覚一本「妻は」。底本は長門本・四部本・覚一本を参照するに、「犀馬」の誤写であろう。下に見える「犯」との関係上、諸本「采女」とあるべきか。
4　漸ヤウヤウ（黒本本・饅頭屋本節用集）→補注。
5　ルビ「サミ」、底本は本文中に捨てがな。ルビ行に移した。
6　「殃」、底本「歟」の略字。誤写と見て改めた。
7　「ヲハカラレテ」、底本のまま。「ヲシハカラレテ」とあるべきか。長門本「をしはかられて」
8　「慚」、底本「漸」。誤写と見て改めた。
9　「ハ」、下の「九郎（食らふ）」との関係上、「ヲ」とあるべきか。長門本「を」。

シ。日来《ひごろ》振舞シ不善不当、自業自得果ノ理《ことわ》リナレバ、トカク申《まうす》ニ不レ及。

十三　義経鞍馬へ参ル事

九郎義経上洛[1]シテ、「忩《いそ》ギ鞍馬へ参テ、師ノ東光坊ニ見参シテ、祈請ヲモ申付ム」ト被レ思ケルニ、当時此乱《このみだれ》打ツヾキテヒマナシ。乍レ思《おもひながら》サテ過[2]ラレニケリ。木曾モ被レ打ヌ、京中ニモ定《しづまり》[3]テ後、伊勢三郎義盛、渋谷馬允重助、左藤三郎、同《おなじく》四郎以下《いげ》、郎等十余騎ニテ鞍馬へ参リテ、夜ニ入レバ御堂ニ入堂シテ、終夜《よもすがら》、昔申《まうし》シ本意遂タル由ヲ被レ申テ、チトマドロミ給タルニ、御宝殿ノ内ヨリ八十有余《いうよなる》老僧出給テ、「汝ニ是ヲトラセムトテ置タルゾ」トテ、白《しろ》サヤマキヲ給ワルト見テ、打驚テ傍ヲ見給ヘバ、夢ニ示シ給タル鞘巻也。弥《いよい》ヨタノモシク思テ感涙ヲ流ツヽ、師ノ坊ニ返《かへり》テ、「カクナム」ト被レ申ケリ。東光房是ヲ見テ、「誠ニ毗沙門ノ放チ思食《おぼし》メサヾリケルニヤ」トゾ被レ申ケル。義経シバラク候テ、「心閑《しづか》ニ可レ申事候ヘドモ、京都モオボツカナシ。又コソ候ハメ」トテ被㆓下向㆒ケリ。其《それ》ヨリ貴船ヘ被㆑参タリケリ。社殿昔ニカワリタル事ハナケレドモ、古《いにしへ》ミシ草木ドモハルカニ生シゲリテ、神サビタルアリサマ哀ニオボエテ、シバラク被㆓念誦㆒ケルホドニ、神主イカヾ思ケム、白羽ノカブラ矢一《ひとつ》取出テ、「聊《いささか》夢想ノ告《つげ》候」トテ奉レバ、義経畏《かしこまり》テ給ワリテ被㆑出ニケリ。サテコソ屋島ヘ渡《わたり》給シ時、大風ニ船共アヤウクミヘシカバ、此《この》矢ヲ白旗《しらはた》ノサヲニゾユイ付ラレケル。

1 「洛」、「落」にミセケチ、「洛」と傍書。
2 「過」、底本脱字。長門本により補った。
3 定シツム（類聚名義抄）

十四　義経可征伐平家之由被仰事

廿九日、九郎義経イツシカ平家征伐ノ為ニ西国ヘ下向。義経《よしつねをゐんの》院御所六条殿ヘ召テ仰ノ有ケルハ、「吾朝《わがてう》ニ神代ヨリ伝タル三ノ御宝《みたから》アリ。即《すなはち》、神璽、宝剣、内侍所是《これ》也。相構《あひかまへて》々々、無㆓事故㆒《ことゆゑなく》都ヘ返入奉レ」トゾ被㆑仰ケル。義経畏《かしこまり》テ罷《まかり》出ヌ。

十五　平家一谷ニ構城墎事

平家[1]ハ幡摩国室山、備中国《びつちうのく》[2]ニ水島、両度ノ合戦ニ打勝テ、山陽道七个国、南海道六个国、都合十三个国ノ住人等悉ク従《したがへ》、軍兵十万余騎ニ及ベリ。「木曾被レ打ヌ」ト聞《きこえ》ケレバ、平家、讃岐屋島ヲコギ出ツヽ、摂津国ト幡摩トノ堺ナル難波一谷ト云《いふ》所ニゾ籠リケル。去《いんじ》正月ヨリ、コヽハ究竟《くつきやう》ノ城ナリトテ、城墎ヲ構テ、先陣ハ生田ノ杜[3]、湊河、福原ノ都ニ陣ヲ取《とる》。後陣《ごぢん》ハ室、高砂、明石マデツヾキ、海上ニハ数千艘ノ舟ヲ浮《うかべ》テ、浦々島々ニ充満シタリ。一谷ハ口ハ狭《せばく》テ奥広シ。南ハ海、北ハ山、岸高《たかく》シテ屏風ヲ立タルガ如シ。馬モ人モスコシモ通《かよふ》ベキ様《やう》ナカリケリ。誠ニユヽシキ城也。赤旗其数《そのかずを》不レ知立並《たてならべ》タリケレバ、春風ニ吹レテ天《そら》[4]ニ飜《ひるがへ》リ、火焔ノ立アガルガ如シ。誠ニヲビタヽシ。敵モ憶シヌベクゾ見ヘケル。

平家年来《へいけにとしごろ》祗候ノ伊賀、伊勢、近国ノ死残《しにのこり》タル輩、北国、南海ヨリヌケ〳〵ニ付《つき》[5]ケル輩、幡摩国ニハ津田四郎高基、美作国ニハ江見入道、豊田権守、備前国ニハ難波次郎経遠、同《おなじく》三郎経房、備中国ニハ石賀入道、建部太郎、新見郷司、備後国ニハ奴可入道、伯耆国ニハ小鴨介基康、村尾海六成盛、日野郡司義行、出雲国ニハ円屋大夫、多久七郎、浅山、木須幾、身白ガ一党、富田ノ押領使、横田兵衛惟澄、安芸国ニハ源五兵衛頼房、周房国ニハ石国源太維道、野介太郎有知、富田介高綱、石見国ニハ安主大夫、横川郡司、長門国ニハ郡東郡司季平、郡西大夫良親、原宗入道武通、鎮西輩《ちんぜいの》ニハ菊地次郎高直、原田大夫種直、松浦太郎重俊、郡司権守直平、佐伯三郎維康、坂三郎惟良、左原太郎種益《マス》、山鹿兵藤次秀遠、板屋兵衛種遠、阿波民部成良ガ計《はからひ》ニテ、伊与《いよの》川野四郎通信ガ余党ノ外ハ、大略皆参ニケリ。昔項羽ガ鴻門ニ向《むかふ》ガ如シ。ナニカハ是ヲ攻[6]落サムト見ヘケル。

1 この章段には、章の始めとなる「十五」という数字は記されていない。
2 「三」、底本は小字右寄せ。捨て仮名と判断し、小字右寄せとした。
3 「杜」、「林」と書写し、旁の「木」に「土」を重ね書き。
4 天ソラ（黒本本・天正本節用集等）
5 「付ケル輩」、「輩」の下脱文あるか。長門本は以下、「まいりつきたる者ともは申に及す、山陽山陰四国九国より宗ときこえてまいりけるは」とあり、「はりまの国には」と続く。また盛衰記も長門本と同様の一文をとどめる。
6 「攻」、底本「政」とあり偏の「正」に「エ」と重ね書き。

十六　能登守四国者共討平ル事

猿程《さるほど》ニ、讃岐国在庁已下《いげ》ノ家人等、平家摂津国ヘ渡給テ後、心ヲ源氏ニ通

[1]シテ、「次《つい》デ有《あら》バ源氏ノ方ヘ参ラム」ト思ケルガ、「今日マデ平家ニ奉公シテ只参ラムハ、源氏ニ被レ打ナムズ」トテ、「平家ニ矢一《ひとつ》射《い》係《かけ》奉テ、其ヲ面《おもて》ニセム」ト思テ、十三艘ノ船ニ二千余人乗《のり》テ、備前国ヘ押渡リケルガ、門脇中納言教盛父子三人、五百余騎ニテ備前ノ下居郡ニオワシマスト聞テ、「カシコヘ押《おし》寄《よせ》テ可レ打之由ヲ支度ス」ト聞ヘケレバ、越前三位通盛、能登守教経、此《この》事ヲ聞テ、「ニクキ奴原《やつばら》カナ。昨日マデ我等ガ馬ノ草カリタル奴原ノ、二心《ふたごころ》仕ラムコソ奇怪ナレ。其義ナラバ一人モアマスナ」トテ、彼等ガ立籠タル所ヘ押寄テ戦《たたかふ》。彼等ハ、「人目計《ばかり》ニ矢一《ひとつ》射ム」トコソ思ケルニ、能登守大《おほき》ニ怒テセメケレバ、在庁等コラヘズシテ都ノ方ヘヲモムキケルガ、暫《しばらく》息継《つが》ムトテ、淡路国福浦ト云《いふ》所ニ付ニケリ。彼《かの》国ニ掃部冠者、淡路冠者トテ源氏二人アリ。此等ハ六条判官為義ガ孫共《ども》也。掃部冠者ハ掃部頼仲ガ子息、淡路冠者ハ同《おなじく》四郎左衛門尉頼賢ガ子也。淡路国住人等、皆此《この》両人ニ付ニケリ。讃岐国在庁モ此二人ヲ大将ト憑《たのみ》テケリ。是ヲ聞テ通盛、教経淡路ヘ渡リテ、一日一夜戦ケル

ホドニ、掃部冠者モ淡路冠者モ被レ打ニケリ。能登守ハ在庁已下《いげ》百三十二人ガ首切テ、交名《けうみやう》書副《かきそへ》テ福原ヘ献《たてまつ》ル。中納言ハ福原ヘ返給ニケリ。

通盛、教経[2]二人ハ伊与《いよの》河野四郎通信セメムトテ、二手ニ分《わけ》テ押渡ル。三位ハ阿波小郡[3]花園ト云《いふ》所ニ着給フ。能登守ハサヌキノ屋島《やしまの》御所ニ着給ケリ。通信此《この》事ヲ聞テ、安芸ノ奴田太郎モ源氏ニ心ザシ有《ある》ヨシ聞テケレバ、奴田太郎ト一《ひとつ》ニ成[4]テ奴田尻ヘ渡リテ、今日備後ノ蓑島ト云《いふ》所ニ留ル。次《つぎの》日蓑島ヲ出テ奴田城ヘ着ニケリ。平家ヤガテ追カヽリテ、一日一夜戦ケルホドニ、矢種射ツクシタリケレバ、奴田太郎甲《かぶと》ヲヌギ、弓ヲハヅシテ降人ニ参ニケリ。河野四郎通信ハ郎等皆被二打取一テ、僅ニ主従七騎ニテ、細縄手ヲ浜ヘ向《むけ》テ落ケルヲ、能登守ノ侍ニ、平八為員ト云《いふ》者取テハゲテ、ヨクヒキテ射タリケレバ、六騎ハ射落シテケリ。六騎ガ内三騎ハ目ノ前ニテ死ニケリ。残《のこり》三人ガ内一人ハ讃岐国七郎為兼ト云者也。命ニカヘテ思《おもふ》郎等ナリケレバ、河野肩ニ引係《ひきかけ》テ、小船ニ乗テ伊与国ヘ落ニケリ。教経、河野ヲバ打ニガシタリケレドモ、大将軍奴田太郎

1 「シ」、底本虫損。補った。
2 「経」、「教」と「二」の間に○印、「経」と傍書。
3 「小」、底本のまま。長門本・四部本・盛衰記「北」
4 「成テ」、底本のまま。長門本・覚一本「ならんとて」、盛衰記「成テ軍セント思テ」

生取ニシテ、福原モオボツカナシトテ、福原ヘ帰給ニケリ。

淡路国住人阿万六郎宗益、此《これ》モ源氏ニ志アリテ都ヘ上リケリ。教経是《これ》ヲ聞テ、小船十三艘ニ百五十余人乗テ追テカヽル。西宮ノヲキニテ追付タリ。阿万六郎河尻ヘハ入ラレズ、矢一《ひとつ》モ不《い》レ射《ず》シテ紀伊ノ地ヲサシテ落ニケリ。紀伊国住人園部兵衛重茂ト云《いふ》者アリ。是モ源氏ニ志アリケルガ、「淡路《あはぢの》阿万六郎コソ、源氏ニ志アリテ京ヘ上《のぼる》ナルガ、和泉国フケイ田川ト云所ニ付タムナレ」ト聞テ、一《ひとつ》ニ成テアリケルヲ、教経紀伊ノ地ヘ押渡テ、散々ニ打チラシテ、末者《すゑのもの》三十六人ガ首切テ福原ヘ奉《たてま》ツル。

又備前国ノ今木城ニ河野四郎通信、豊後国住人緒方三郎伊能《これよし》、海田兵衛宗近、臼杵次郎惟高等、一《ひとつ》ニ成テ籠リタルヨシ聞《きこえ》ケレバ、能登守二千余騎ノ勢ニテ今木城ヘ押寄テ、一日一夜戦テ、城内コラヘズシテ城負ニケレバ、鎮西ノ者共、伊栄《これよし》ヲ始トシテ、豊後ノ地ヘ落ニケリ。川野ハ例《れいの》事ナレバ、四国ノ方ヘ落ニケリ。能登守今木城セメ落テ、福原モオボツカナシトテ返給ニケレバ、能登守ノ所々ノ高名、大臣殿以下《いげ》[1]人々感ジアヒ給ヘリ。能登守被レ申ケルハ、「ヤガテ四国九国ヘモ押渡テ、彼等ヲセメ落シテ進《まゐら》スベク候ツレドモ、京ヨリ源氏ノ勢向《むかふ》ト承リテ、オボツカナサニ参テ候」ト被レ申ケリ。アハレ大将軍ヤトゾミヘシ。

1　「以」、底本の字体は「任」に似る。「以」と判読した。

十七　平家福原ニテ行仏事事　付除目行事

二[1]月四日、平家ハ福原ニテ故大政入道ノ忌日トテ如レ形《かたのごとく》仏事被レ行ケリ。過《すぎ》行《ゆく》月日ハシラネドモ、手ヲ折《をり》是《これ》ヲ算《かぞふ》レバ、去年ノ今年ニ廻《めぐり》キテ、ウカリシ春ニモ成ニケリ。世ノ世ニテアラマシカバ、起立塔婆、供仏施僧ノ営《いとなみ》モ、サスガ耳目《じぼく》ヲ驚《おどろか》ス事ニテコソ有ベキニ、如《ごとき》レ形《かた》ノイトナミ哀也。只《ただ》男君達指《さし》ツドヒテ悲シミ給ケルコソ悲ケレ。スデニ都ヘ帰リ入ベキ由聞《きこえ》ケレバ、残留《のこりとどまる》門客落下《おちくだり》テ、勢イトヾ付ニケリ。「三種神祇[2]ヲ帯シテ、君カクテ渡《わたら》セ給ヘバ、是コソ都ナレ」トテ、叙[3]位除目[4]、僧モ俗モ官被レ成《なされ》ケリ。門脇中納言教盛卿ヲ

1　この章段には、章の始めとなる「十七」という数字は記されていない。
2　「祇」、底本のまま。
3　「叙」、底本「釵」。書き癖と見て改めた。以下同じ。
4　「除目」の下脱文あるか。長門本「僧事なとをおこなはれて」、盛衰記「僧事ナト被行ケレハ」、闘諍録「僧司《ナント》被行間」とあり、「僧モ俗モ」に続く。

バ正二位大納言ニ被二召仰一ケレバ、教盛ハカクゾ被レ申ケル。

今日マデモアレバアル[1]トヤオモフラムユメノウチニモユメヲミルカナ

大外記中原師直ガ子、周防介師澄[2]ハ大外記ニ成ニケリ。兵部少輔尹明ハ五位蔵人ニナサレテ、蔵人ノ少輔トゾ申ケル。昔将門ガ東八个国ヲ打靡《うちなびか》シテ、下総国相馬郡ニ都ヲ立テ、我身ヲ平親王ト称《しようじ》[3]テ、百官ヲ成シタリケルガ、歴博《れき》[4]士計《ばかり》コソナカリケレ。是《これ》ハ其ニハ似《にる》ベキニアラズ。古郷《ふるさと》ヲコソ出サセ給タレドモ、万乗ノ位ニ備ハリ給ヘリ。内侍所マシマセバ、叙位除目被レ行ケルモ僻《ひが》事《こと》ナラズ。

権亮三位中将ハ、年隔タリ日重ルニ随テ、古郷ニ留メ置シ人々ノ事ノミ無二穴倉一《おぼつかなく》恋クゾ被レ思ケル。商人《あきびと》ノ便《たより》ナドニ自《おのづか》ラ文ナムドノ通《かよふ》ニモ、北方《きたのかた》ハ、「相構《あひかまへ》テ迎取給ヘ。少《をさな》キ者共モナノメナラズ恋シガリ奉ル。ツキセヌ歎[5]ニナガラウベクモナシ」ナムド、細々トカキツヾケ給ヘルヲ見給ニ付テモ、「アワレ[6]迎取奉テ、一所ニテトモカクモナラバ、思《おもふ》事アラジ」ト思立給事ヒマナケレドモ、人ノ為イトヲシケレバ、思忍テ日ヲ送ル。
サルマヽニハ余三兵衛[7]、石童丸ナムドヲ常ニアト枕ニ置キ給テ、暁《あけ》[8]テモ晩《くれ》[9]テモ、只此《この》事ヲノミ宣テ、臥《ふし》沈ミ給ヘバ、三位中将ノ有様ヲ人々見給テ、「池ノ大納言ノ様《やう》ニ頼朝ニ心ヲ通《かよは》シテ、二心有《ふたごころあり》」トテ、大臣殿モ打トケ給ハネバ、「ユメ〳〵サハ無物《なき》ヲ」トテ、イトヾアヂキナクゾオボシメサレケル。「愛執増長、一切煩悩」ノ文《もん》ヲ思《おもふ》ニハ、「穢土ヲ厭《いとふ》ニイサミナシ。閻浮愛執ノキヅナコハケレバ、浄土ヲ欣《ねがふ》[10]ニ倦《ものう》[11]シ。宿執開発ノ身ナレバ[12]、今生ニハ妻子ヲ念《おも》[13]フ心、合戦ニ向思《むかふおもひ》ニ身ヲ苦メテ、来生《らいしやう》ニハ修羅道ニ落ム事疑ナシ。只一門ニ不レ知レシテ都エ忍テ上《のぼり》テ、妻子ヲモ見、妄念ヲモ払テ、閑《しづか》ニ臨終セムヨリ外ノ事有ベカラズ」ト思ナラレニケレバ、何事モ思入レ給ハズ、臥沈給フゾ哀ナル。

二位僧都全真ハ、梶井宮ノ年来《としごろ》ノ御同宿也ケレバ、風ノ便ノ御文遣ハサレケルニ、「旅ノ空ノ有様、思遣《おもひやる》コソ心苦《こころぐるし》ケレ。都モ未ダシヅマラズ」ナムド、

1　「アルトヤオモフラム」、覚一本「あるかのわが身かは」
2　「介」、底本「分」。誤写と見て改めた。
3　Xōji（日葡辞書）
4　「歴」、底本のまま。五七頁八行目、七〇頁三行目に、「暦」とあるべきところで「歴」を使用する。
5　「歎」、底本の字体は「頚」に似る。「歎」と判読した。
6　「レ」、底本「シ」。誤写と見て改めた。
7　「余三兵衛」、底本「余三衛」。「兵」を補った。
8　暁アケヌ（類聚名義抄）
9　晩クル（類聚名義抄）
10　欣ネガフ（類聚名義抄）
11　倦　物ウシ（類聚名義抄）
12　「身ナレバ」、長門本「身ならねは」
13　念オモフ（類聚名義抄）

コマ〴〵トアソバシテ、

人シレズソナタヲ忍ブコ、ロヲバカタブク月ニタグヘテゾヤル

十八　梶原摂津国勝尾寺焼払事

元暦[1]元年二月四日、梶原一谷ヘ向《むかひ》ケルニ、民共《たみども》、勝尾寺ニ物ヲ隠スヨシヲホノ聞テ、兵《つはもの》ノ襲ヒ責シカバ、老タルモ若《わかき》モニゲカクレキ。三衣一鉢ヲウバウノミニアラズ、忽《たちまち》ニ火ヲ放《はなち》ニケレバ、堂舎仏閣悉《ことごと》ク春ノ霞トナリ、仏像経巻併《しかし》ナガラ夜ノ雲トノボリヌ。感陽宮ノ煙ノ片々タリシモ、仏閣ニアラネバ其《その》咎ナヲカロク、祇園寺ノホノヲノ炎々タリシモ、人ノクハタテ[2]ナラネバ其《その》罪ヲモカラジ。然《しかる》ヲ今ホロボス所ハ仏閣僧坊六十八宇、経論章疏九千余巻、仏像道具、資財雑物、スベテ算数《さんす》[3]ノ及ブ処ニアラズ。罪スデニ五逆罪ヨリモオモシ。当果豈《あ》ニ地獄ノクルシミヲマヌカレムヤ。楽師三尊ハヲノヅカラホノヲ、ノガレ、千手観音ハムナシク煙トナリ給ヘリ。目モクレ心モキヘテ、ナキカ

ナシム者多シ。サレドモ頂上仏ノ金銅ノ阿弥陀御身《あみだのおんみ》ニ納メタリシ金銅ノ観音ト、灰ノ中ヨリモトメ奉ル、百済国ヨリ送レル三尺五寸ノツキガネモ、水ノ如クニトクルニ、三尊ノコリ給ヘルヲミテ、寺僧共《ども》歓喜ノ涙ヲゾナガシケル。

同《おなじき》[1]七日、法皇ハ八条烏丸御所ニシテ、平氏追討ノ御祈ニ、五丈ノ毗沙門天像ヲ被ル二作始一。先御衣木《まづみそぎ》[2]ヲ安置ス。二丈五尺ナリ。以テレ南為レ上《かみ》ト。法印院尊為リ二大仏師一。権僧正定遍加持[3]ス。御衣木向《むかへ》リレ西ニ。法皇鈍色付衣《にぶいろのつけごろも》[4]ヲメサレテ、砌下《みぎりのもと》ノ御座ニ着御アリ。高麗縁《かうらいべり》ノ畳一帖ヲ地上ニ敷テ御座トス。御仏《みほとけ》作始テ後、向《むけ》テレ北ニ奉レ立《たて》テ、法皇三度御拝アリケリ。

1 「歴」、底本のまま。
2 「ク」、人偏を書きかけてミセケチ、「ク」と傍書。
3 Sansu（日葡辞書）

十九 法皇為平家追討御祈被作始毗沙門事
1 この章段には、章の始めとなる「十九」という数字は記されていない。
2 御衣木ミソギ（黒本本・天正本節用集等）
3 「加持ス御衣木向西」、盛衰記「奉二加二持御衣木一西ニ向ヘリ」。「御衣木ヲ加持シ西ニ向ク」とあるべきか。
4 「鈍」、底本「純」。誤写と見て改めた。鈍色ニフイロ（伊呂波字類抄）

二十　源氏三草山幷一谷追落事

[1]猿程《さるほど》ニ源氏二手ニ構テ福原ヘ寄《よせ》ムトシケルガ、「四日ハ仏事ヲ妨ム事、罪深カルベシ。五日西フタガル。六日悪日ナリ」トテ、七日ノ卯時ニ東西ノ木戸口ノ矢合《やあはせ》ト定ム。大手《おほての》大将軍蒲冠者範頼ハ、[2]四日京ヲ立テ、摂津国幡摩路ヨリ一谷ヘ向《むかふ》。[3]相従《あひしたがふ》輩《ともがら》ハ、武田太郎信義、加々見太郎遠光、同《おなじく》次郎長清、一条次忠頼、板垣三郎兼信、武田兵衛有義、伊沢五郎信光、侍大将軍ニハ、梶原平三景時、嫡子源太景季、同平次景高、千葉介経胤、同太郎胤時、同小太郎成胤、相馬小次郎師経、同五郎胤道、同六郎胤頼、武石三郎胤盛、大須賀四郎胤信、山田太郎重澄、山名小二郎義行、渋谷三郎重国、同馬允重助、佐貫四郎大夫弘綱、村上次郎判官基国、小野寺太郎道綱、庄太郎家長、庄四郎忠家、同五郎弘方、塩屋五郎是弘、勅旨川原権三郎有則、中村小三郎時経、川原太郎高直、同次郎盛直、秩父武者四郎行綱、久下二郎重光、小代八郎行平、海老名太郎、同三郎、同四郎、同五郎、中条藤次家長、安保二郎実光、品河二郎清経、曾我太郎助信、中村太郎等ヲ始トシテ五万六千余騎、六日酉尅ニ、摂津生田森ニ付

ニケリ。

搦手《からめての》大将軍九郎義経ハ、同《おなじき》日京ヲ出テ、三草山ヲ越テ丹波路[4]ヨリ向《むかふ》。相《あひ》従《したがふ》輩《ともがら》ハ、安田三郎義定、田代冠者信綱、大内太郎惟義、斎院次官親能、佐原十郎義連、侍大将軍ニハ、畠山庄司次郎重忠、弟長野三郎重清、従父兄弟《いとこ》稲毛三郎重成、土肥次郎実平、嫡子弥太郎遠平、山名三郎義範、同《おなじく》四郎重朝、同五郎行重、判三六郎成清、和田小太郎義盛、天野次郎直常、糟屋藤太有季、川越太郎重頼、同小太郎重房、平山武者所季重、平佐古太郎為重、熊[5]谷次郎直実、子息小二郎直家、佐々木四郎高綱、小川小次郎助義、大川戸太郎広行、諸岳兵衛重経、原三郎清益《マス》、金子十郎家忠、同余一家員、猪俣小平六則綱《ツナ》、渡柳弥権太清忠、別符次郎義行、長井太郎義兼、源八広綱、椎名小次郎有胤、奥《あう》州《しうの》佐藤三郎継信、同四郎忠信、伊勢三郎能盛、多々良五郎義春、同六郎光義、片岡太郎経春、筒井次郎義行、葦名太郎清高、蓮間太郎忠俊、同五郎国長、岡部太郎忠澄、同三郎忠康、枝源三、熊[6]井太郎、武蔵房弁慶ナムドヲ始トシテ一

1 この章段には章の始めとなる「廿」という数字は記されていない。
2 「四」、小字「ハ」の左に〇印、「日」の右に「四」と傍書。
3 底本「相従輩ハ」以下、行末まで空白、改行して「武田太郎信義」以下の人名が記される。追い込みに改めた。
4 「丹」、底本「舟」。書き癖とみて改めた。
5 「熊」、底本「能」。誤写と見て改めた。
6 「熊」、底本「能」。誤写と見て改めた。

万余騎、[1]丹波路ニカヽリテ、三草山ノ山口ニ、其《その》日ノ戌時計《ばかり》ニ馳付タリ。

九郎義経ハ赤地錦《あかぢの》ノ直垂ニ、黄返《きに》シタル鎧キテ、宿鴾毛《サビツキげ》ナル馬ノ、太ク尾ガミアクマデ逞《タクマシキ》ガ、名ヲバアマ雲ト云《いふ》ニゾ乗リタリケル。東国第一ノ名馬也。二日路ヲ一日ニゾ打タリケル。三草山ハ山中《やまのうち》三里也。平家是ヲ聞テ、三草山ノ西ノ[2]山口ヲ、大将軍ハ新三位中将資盛 同少将有盛 備中守師盛、侍ニハ平内兵衛清家、江見太郎清平ヲ先トシテ、七千余騎ニテ三草山ヘゾ向《むかひ》ケル。東ノ山口ニハ九郎義経、土肥次郎実平ヲ大将軍トシテ、一万余騎ニテ引《ひか》ヘタリ。

九郎義経、土肥次郎ニ云ケルハ、「今日ノ軍《いくさ》、夜打ニヤスベキ、アケテヤスベキ」ト云ケルニ、土肥ニハイワセデ、伊豆国住人田代冠者信綱スヽミ出テ申ケルハ、「此《これ》程ノ山ヲ落サムニハ、只謀《はかりこと》ヲ先トス。雪ハ野原ヲウヅメドモ、老タル馬ゾ道ヲシル。一陣破《やぶれ》ヌレバ、残党全《まつた》カラズトイヘリ。平家ハヨモ今夜ハ用心候ハジ。夜討能《よ》ク候ヌト覚候。平家ノ勢七千余騎ト承ル。御方《みかた》ハ一万余騎也。遙ノ利ニテ候ベシ。信綱マ先仕《さき》ラム」ト申ケレバ、土肥、「田代殿イシウ申《まうさ》セ給テ候。実平モカウコソ存《ぞんじ》候ヘ」トゾ申ケル。

田代冠者ト申《まうす》ハ、伊豆国司為綱ト申ケルガ在国ノ時、[3]工藤介茂光ガ娘ヲ思[4]テ生タリケル子ナリ。為綱ハ任ハテヽ上リケレドモ、信綱ハ母方ノ祖父[5]工藤介茂光ニ預テ、伊豆国ニテソダテラレタリケルガ、生年十一歳ノ年、流人兵衛佐ノ見参ニ入テ宮仕《みやづかへ》ケリ。弓矢取テ勝《すぐれ》タリケル上、ユヽシキ甲《かう》ノ者ニテゾ有ケル。石橋合戦之時、伊東入道祐親法師ヲ射散シテ、御方ヲノバシタリシ兵也。カヽリケレバ兵衛佐、「九郎ガ副将軍ニ成給ヘ」トテ被㆓差副《さしそへられ》㆒タル武者也。俗姓ヲ尋レバ、[6]後三条第三皇子、[7]望人ノ親王ノ五代孫《ごだいのそん》ナリトゾ聞ヘシ。

「サラバ夜討ニスベシ」トテ、其夜ノ丑尅計《ばかり》ニ、一万余騎ニテ、三草山ノ西ノ山口固メタル平家ノ陣ヘ押寄タリ。平家ノ先陣ハヲノヅカラ少々用心シケレドモ、後陣ハ、「今日軍有《いくさあり》。明日ノ軍ニテゾ有《あら》ムズラム」トテ、「軍ニモネブタキハ大事ノ物ゾ。今夜ヨク寝テ軍セム」トテ、或ハ甲《かぶと》ヲヌイデ枕ニシ、或ハ箙《えびら》ヲトキ、鎧ノ袖ヲタヽミテ枕トシテ臥タリケル所ヘ押寄テ、時ヲ作リ

1 「丹」、底本「舟」。書き癖と見て改めた。
2 「山口ヲ」の下脱文あるか。長門本「かたむへしとて」、盛衰記「固ベシトテ」とあり、「大将軍ハ」に続く。
3 「工」、底本「土」。誤写と見て改めた。
4 「テ」、底本「天」。カタカナに改めた。
5 「工」、底本「土」。誤写と見て改めた。
6 「後三条」、長門本・盛衰記「後三条院」
7 「望」、底本「埊」。八二頁七行目の「眺望」および「望海楼」の「望」と同じ字体。「望」と判読する。後三条院の第三皇子は輔仁親王（本朝皇胤紹運録）。

テ、シバシモタメズ、ヤガテケチラシテ通リケレバ、弓ヲ取《とる》者ハ矢ヲ不レ取、矢ヲ取者ハ弓ヲ不レ取、或ハツナゲル馬ニ乗《のり》、或ハ逆《さかさま》ニ乗テムチヲウツ人モアリ。軍セムトスル者ハ一人モナクテ、我先ニトニゲマドヒケレバ、一騎モ被レ打《うたれ》[1]デ[2]皆通リヌ。

新三位中将ハ、追チラサレタル事ヲ無二面目一被レ思ケレバニヤ、福原ヘモ返リ給ハデ、小馬《こま》ノ林ヨリ小舟ニ乗、福浦ノ渡《わたり》ヲシテ、淡路ノ田良[3]ヘ付給フ。舎弟備中守師盛、平内兵衛清家[4]、アクル五日、大臣殿ニ参テ、「三草山ハ、去《さんぬ》ル夜ノ夜《よ》中計《なかばかり》ニ、源氏ノ軍兵ニ散々ニ追散サレ候ヌ。猶《なほ》山ヘ手ヲ向ラルベクヤ候ラム」ト被レ申タリケレバ、大臣殿大《おほき》ニ驚給テ、東西ノ木戸口ヘ重《かさね》テ勢ヲツカワサル。

サテ安芸ノ馬助能康ヲ御使ニテ、能登守許《のとのかみのもと》ヘ被二ム遣一ケルハ、「三草山ノ手、已《すで》ニ被レ落サテ候ナリ。一口[5]ヘハ貞能、家長ヲ差遣《さしつかはさ》レ候ヌレバ、サリトモ覚《おぼえ》候。生田ヘハ新中納言被レ向《むかはれ》候ヌレバ、ソレ又心安ク候。山ノ手ニハ盛俊ムカヘトテ候ヘバ、山ハ一大事ノ所ニテ有由《あるよし》承候ヘバ、重《かさね》テ勢ヲ差副《さしそへ》バヤト存候ガ、イヅレノ殿原モ、『山ヘハ向ハジ』ト被レ申候。イカヾシ候ベキ。サリトテハ御辺《ごへん》向ワセ給ヘト存《ぞんじ》候」ト宣タリケレバ、能登守被レ申ケルハ、「軍《いくさ》ト申《まうす》ハ、面々ニ我一人ガ大事ト思テ、同心《おなじこころ》ニ候コソ能《よく》候ヘ。『其《その》手ヘハ叶ワジ、其人向ヘ。アノ手ヘ向ハジ』ナムド候ワムニハ、軍ニ勝《かつ》事候マジ。行末モハカ〴〵シカルベシトモ覚候ワズ。サレバ人ノ上ノ大事ト各《おのおの》ノ被二思召一《おぼしめさる》ベキカヤ。但《ただし》幾度《いくたび》[6]モ強《こは》カラム方ヘハ教経ヲ差遣ワサレ候ヘ。命ノカヨワム限ハ身ヲバタバイ候マジ」トテ、ヤガテ能康ガ見《みる》所ニテ打立テ、物具《もののぐ》ヒシ〳〵トシテ被レ向ケリ。甲斐々々シクゾミヘラレケル。無レ程《ほどなく》三草山ヘ馳付テ、越中前司盛俊ガ陣ノ前ニ仮屋ヲ打テ待係《まちかけ》タリ。

サルホドニ五日モクレニケリ。源氏ノ勢昆陽野ニ陣ヲ取テ遠火ヲタキタリ。平家生田ヨリ見渡セバ、深行《ふけゆく》マヽニ晴タル空ノ星ヲ見《みる》ガ如《ごとき》也。平家ノ方ニモ、「向火《むかひび》タケ」トテ、生田森ニ如レ形《かたのごとく》タイタリケリ。

1 ルビ「レ」、底本は本文中「打」の下に捨てがな。ルビ行に移した。
2 「テ」に声点⑧
3 「田」、底本のまま。「由」とあるべきか。
4 「家」、底本「宗」。七四頁八行目に「清家」とあり、長門本・四部本・闘諍録とも「清家」とする。誤写と見て改めた。
5 「一口」、「一谷」とあるべきか。長門本・四部本・闘諍録「一谷」
6 Icutabi（日葡辞書）

其《その》夜ハ越前三位通盛ハ、能登守ノ仮屋ニ物具《もののぐ》[1]抜置テ、女ヲ迎テ臥給ヘリ。能登守是ヲ見テ被レ申ケルハ、「何《いか》ニカヤウニ打トケテハ渡《わたら》セ給フゾ。此《この》手ハ敵強《こはく》テ、『教盛向ヘ』ト候ツレバ向テ候。誠ニ強カルベキ所ト見ヘテ候。軍ノ習、弓ヲモチタレドモ矢ヲハゲズハ遅カルベシ。敵只今押寄テ候ワム時ハ、鎧ヲキバ甲ヲキズ、弓ヲ取テ矢ヲトラズコソ候ワムズラメ。マシテ物具ヌギ被レ置候テハ、何ノ用ニカ合セ給ベキ」ト再三被レ申ケレバ、心ナラズ、ワクラバノイモセノナラヒナレバ[2]、マダムツ事モツキザルニ、ヨヒノマギレニ引離テ女ヲカヘシ給フ。後ニ思食《おぼしめ》シ合《あはせ》ラレケルハ、其コソ最後ノ見終《みはて》ナレ。哀ナリシ別《わかれ》ノホドコソ思遣レテ悲ケレ。

「軍《いくさ》ハ七日卯時ニ矢合《やあはせ》有ベシ」ト被レ定。「義経ガ勢ノ中ニ、奥州《あうしうの》佐藤三郎兵衛継信、同《おなじく》四郎兵衛忠信、枝源三、熊井太郎、源八広綱、伊勢三郎能盛、武蔵房弁慶、熊谷次郎直実、子息小次郎直家、平山武者所季重、片岡八郎為春、其《その》勢七千余騎ハ義経ニ付ケ。残《のこりの》三千余騎ハ土肥次郎、田代冠者両人大将軍トシテ山ノ手ヲ破給へ。我身ハ三草山ヲ打メグリテ、鵯越へ可レ向」トテ歩セケリ。

義経被レ申ケルハ、「抑《そもそも》此《この》山ハ悪所ニテアムナル者ヲ。馬ヲトシテ誤《あやまち》スナ。誰カ此山ノ案内知タル」ト被レ仰ケレバ、武蔵国住人川越小太郎重房ス、ミ出テ、弓取ナヲシテ申ケルハ、「重房コソ此山ノ案内ハ知リテ候へ。御免《ごめん》ヲ蒙リ、先陣仕《つかま》ツルベシ」ト申ケレバ、父重頼取《とり》モアヘズ打咲《うちわらひ》テ、「幼少ヨリシテ武蔵、相模ニ居住シテ、足[3]柄ヨリ西ハミズ。今始テ西国ノ初下《ウイ》リニ此山ニ入テ、『案内者セム』ト被レ申《まうさるる》コソ誠トモ覚《おぼえ》ネ。山ニマヨハジト思ワム人ハ、用[4]バコソアラメ」ト云ケレバ、重房重テ申ケルハ、「紫塵ノ嬾《ものうき》[5]蕨人拳《にぎる》レ手ヲ、碧玉寒《へきぎよくのさむき》蘆錐《きり》脱レ嚢《ふくろ》ヲトイヘリ。心スキタル歌人ノ、吉野、龍田ニワケ入テ、花ヤ紅葉ヲ尋ヌルニ、花ハ峯ノコズヘ面白ク、紅葉ハ谷川ノ岸ノ岩根色深シ。敵ノ籠レル後ト思ナレテ[6]、城ヲ構タル山ナレバ、サコソ有《ある》ラメト思成《おもひなし》テ、甲《かうの》者コソ案内者ヨ。サテコソ重房先係《さきかけ》ムト申ツレ」ト云ケレバ、人々是ヲ聞テ、

1 「抜」底本のまま。「ヌギ」と読むべき所であるが所拠未詳。あるいは「脱」の当字か。

2 「ナレバ」、底本「ナケレハ」とあり、「ケ」にミセケチ。

3 「足」、底本、竹冠に「ユ」。「笁」と同じ字体。「足」と判読した。あるいは、「筥」と書きかけ改めたものか。

4 「ハ」に声点⑥

5 「嬾」、底本のまま。嬾物ウシ（類聚名義抄）。和漢朗詠集巻上「早春」によれば、「嫩」が正しい。嫩ワカシ（類聚名義抄）。ただし、第二本十八ノ一「篁詩事」にも「嬾蕨」と誤る。

6 「レ」、底本のまま。「シ」とあるべきか。

「理カナ、面白シ」ト音々《こゑごゑ》ニ感ジテゾ歩セケル。

カクハ勇ニ詈《ののしり》ケレドモ、誠ニ山ノ案内知タル兵一人モナシ。何《いづれ》ノ谷へ落《おとし》テ何ノ峯へ越《こゆ》ベシトモシラザリケレバ、三草山ノ夜討之時、生取《いけどり》アマタセラレタリケルヲ、切《きる》ベキ者ヲバ忽《たちまち》ニキラレヌ、国々ノ駈《かり》武者ノケシカル奴原《やつばら》ヲバ、木ノ本ニユイツケナムドシテ通リケルニ、「生取ノ中ニ尋聞タキ事モコソアレ」トテ、一人召具セラレタリケルヲ召出シテ被レ尋ケレバ、申ケルハ、「此《この》山ハ鵯越ト申テ、サガシキ山ニテ候。所々ニ落シ穴ヲホリ、馬ヲモ人ヲモ通《かよはす》ベクモ候ハズ。少モフミハヅシタラバ落サムトテ、底ニヒシヲ殖《うゑ》テ候トゾ承候」ト申タリケレバ、「抑《そもそも》和君《わぎみ》ハ平家ノ祗候人カ、又《また》国々ノ駈武者歟《か》」ト問ワレケレバ、「平家ノ家人ニテモ候ワズ、駈武者ニテモ候ワズ。幡磨国安田庄ノ下司、多賀菅六久利ト申《まうす》者ニテ候ガ、去比《さんぬるころほひ》先祖相伝ノ所領ヲ、無レ故平家ノ侍越中前司盛俊ト申者ニ押領セラレ候テ、此《この》二三年ノ間、訴申候へドモ、訴詔達セズシテ罷過《まかりすぐし》候。所領ハ被レ取候ヌ、キズナキ死《しに》シ候ワムヨリハ、同クハ弓矢ヲ取テ、軍《いくさ》ニコソ死《しに》候ハメト存《ぞんじ》候テ、此手《この》ニ付《つき》テ候」ト申ケレバ、「サテハ平家ノ祗候人ニテハアラザリケリ。誠ニ此山ノ案内者、久利ニスギジ」トテ、「今ハユルスベシ」トテ、誡《いましめ》ヲユルサレテ、先ニ立《たて》テゾオワシケル。

比《ころ》ハキサラギノ六日ノ事ナレバ、ヨヒナガラ傾ク月ヲ打守リ、四方ヲタヾシテ行《ゆく》ホドニ、青山ハ苔深《ふかく》シテ、残《のこり》ノ雪ハ始《はじめの》花カトアヤマタレ、岩マノ氷トケザレバ、細谷川《ほそたにがは》瀬ヲトタエ[1]、白雲高クソビヘテ、下《くだら》ムトスレバ谷深シ。深山道タエテ、杉ノ雪マデ消ヤラズ、岸ノ細路幽《かすか》也[2]。木々ノ梢モ滋ケレバ、友マヨワセル所モアリ。只コト問《とふ》者トテハ、遠山ニサケブ猿ノ音《こゑ》、谷鶯《たにのうぐひす》コエナケレバ、マダ冬カト疑ワル。松根《しょうこん》ニ依テ腰ヲスラネドモ[3]、千年ノ翠《みど》リ手ニミテリ。梅花《ばいくわ》ヲ折テ頭《かうべ》ニサヽネドモ、二月《じげつ》ノ雪衣《ころも》ニ落《おつ》。月モ高嶺ニ隠《かくれ》ヌレバ、山深《ふかく》シテ道ミヘズ。心計《ばかり》ハハヤレドモ、夢ニ道行《みちゆく》心地シテ、馬ニ任テ打《うつ》程ニ、敵ノ城ノ後ナル鵯越ヘヲ上リニケル。管[4]六、東ヲ指テ申ケルハ、「アレ

1 「タエ」、もと「タエス」とあり、「ス」にミセケチ。
2 長門本・覚一本「かすか」。幽カスカナリ（類聚名義抄）。また「ハルカナリ」とも読む（類聚名義抄）。
3 「スラネドモ」、和漢朗詠集巻上「子日」には「摩」とある。摩スル（類聚名義抄）。
4 「管」、底本のまま。

ニ見《みえ》候所ハ、大物ノ浜、難波浦、崐陽野、打出、アシ屋ノ里ト申《まうす》ハ、アノアタリニテ候也。南ハ淡路島、西ハ明石浦、汀ニツヾキテ候。火ノ見《みえ》候モ、幡摩、摂津二个国ノ堺、両国ノ内ニハ第一ノ谷ニテ候間、一ノ谷ト申候ナリ。サガシクハ見《みえ》候ヘドモ、小石マジリノ白砂ニテ、御馬ハヨモ損《そんじ》候ワジ。一ノ檀コソ大事ノ所ニテハ候ヘ[1]。巌高クソビヘ臥シテ、馬ノ足立《たつ》ベシトモミヘ候ワズ。少モフミハヅシテマロビ入リ候ナム馬ハ、骨ヲ摧《くだか》ズト云《いふ》事候マジ。東西ノ木戸ノ上、東ノ岡ヲバ壇[2]ノ浦トテ、海路遙ニ見渡シテ、眺望面白ク候。望海楼ヲウ[3]カベツベシ。西ノ岡ヲバ高松原トテ、春ノ塩風、秋ノ嵐ノ音、殊ニ冷《すさま》[4]ジキ所ニテ候也。大将軍、ムネトノ侍近《ちかく》召テ、各《おのおの》屋形ヲ並作リ、其外《そのほか》ノ兵ハ、東西ノ木戸口ニ二重ニ屋形ヲ並テ候也。弓矢取《とる》身ノ習ヒ、恥《はぢ》ガマシク候間、室山、水島ノ軍ニ度々命ヲステ、合戦仕テ候ヘドモ、思知給ワヌガ口惜《くちをしく》候ヘバ、今日始テハガネ顕シ候ワムズル」トゾ申ケル。

九郎義経ハ、空モミヘヌ深山ノ道ヲイヅクトモ不レ知アユマセツヽ、峨々タル山ヲ打出、漫々タル海上ヲ見渡シテ、渚々ノ篝火、海人《あま》ノ苫屋《トマや》ノ藻塩火カト、面白《おもしろく》ゾ被レ思ケル。感ニ絶給《たへ》ワズ、「兵杖《ひやうぢやう》ノ具足ヲバ態《わざ》トトラセヌゾヨ。是《ここ》ニテ敵招テ打物奪取テ高名《かうみやう》セヨ。勲功ハ取申ベシ」トテ、皆紅《みなぐれなゐ》ノ日出シタル扇ヲゾ多賀菅六ニハタビテケル。未《いまだ》夜深カリケレバ、暫《しばらく》コヽニテ人馬ノ息ヲゾ息《やす》[5]メケル。

カヽリケル所ニ、年五十計《ばかり》ナル男、カキノ袴ニクヽリユイテ、赤カリケル犬二疋先ニ立《たて》テ、九郎義経ノ陣ノ前ヲゾ通リケル。枝ノ源三ヲ以テ是ヲ召ス。翁、御前ニ参テ畏《かしこま》ル。「汝ハ何《いか》ナル者、ナニガシト云《いふ》者ナレバ、此夜中《このやちう》ニカ程ノミ山ヲ通ルゾ」ト御尋アリ。「本ハ此山ノスソニ、相川ト云《いふ》里ノ者ニテ候シガ、此《この》十四年此山ニ籠《こもり》、狩ヲ仕ル、斧柄《ヲノヽヘ》ノ翁[6]ト申《まうす》者ニテ候」。「サテハ汝、山ノ案内ハ知テ有《ある》ラム。平家ノ引《ひかへ》テ御ワシマス城ノ上ヘ落ス道有ラバ、有ノマヽニ申セ」。此《この》ヲキナ申《まうす》ヤウ、「幼少ノ当初《そのかみ》[7]ヨリ、老体ノ今ニ至ルマデ、度世《トセイ》ヲ助《たすか》ラムガ為ニ、此ノ山林ニ交《まじはり》テ狩ヲ仕ル。至ラヌ木本《このもと》モ無ク、下ラ

1 「ハ」の左に「一」の書き込みあり。ミセケチの印か。
2 「壇ノ浦」、長門本「壇原」
3 「ウカベツベシ」、長門本「構へ候へし」、盛衰記「構ヌヘシ」
4 冷スサマジ（類聚名義抄）
5 息ヤスム（類聚名義抄）
6 「翁」、底本「妾」。二行前には「翁」とある。誤写と見て改めた。
7 当初ソノカミ（黒本本・易林本節用集）

ヌ谷ハ無《なけ》レドモ、平家ノオワシマス城ノ上ヘ落ス路ハ無《なく》候」ト申。「サテ鹿ナドノ通《かよふ》事ハ無カ」ト御尋有リ。「池ノ氷ウチ解テ、夕陽、東ニマワリ、ノドケキ春ニ成候ヌレバ、[1]丹波ノミ山ノ鹿ガ幡摩ノ野山ヘ渡リ、紅葉、谷ニチリシキテ、コズヘアラハニ成候ヘバ、コグラキ木ノ木ヲ尋《たづね》、幡摩ノ鹿ガ丹波ヘ通《かよふ》時ハ、此《この》山ヲ越候」ト申《まうす》。「サテハ鹿ハ通《かよふ》ゴサムナレ。鹿ノ通《かよふ》程ノ道、馬ノ通ワヌ事アルベカラズ。吉《よき》馬場ニテ有ケリ。サテ此山ヲ鵯越ト云《いふ》ハイカニ」ト御尋有。翁申テ云ク「伝《つたへ》承《うけたまはり》候ハ、天智天皇、摂津国ナガヘノ西ノ宮ニスマセオワシマシ、時、アマタ小鳥ヲ被レ召ケルニ、武庫山満願寺ノ峯ニテ鵯ヲ取給フ。御使ハ大友ノ公家ト云ケル人也。鵯ヲサゲ此《この》坂ヲ越タリケルニ依テ、鵯越トハ名付ク。又当時見候ヘバ、春ノ霞ノ深《ふかく》シテ、ミ山ノコグラキ時ハ、南《みなみの》山ニスマウ鵯ノ、北ノ山ヘ渡リテ栖《す》[2]ヲカケ子ヲウミ、秋ノ霧ハレテコズヘアラハニ成候ヘバ、ヲクモ[3]雪ニ畏レテ、北ナル鵯ガ南ヘワタル時ハ此ノ山ヲコウ[4]。サテ鵯越トハ申候。平家ノオワスル城ノ上カラ十四五丁ゾ候ラム。

五丈計《ばかり》ハ落スト云《いふ》トモ、其ヨリ下ヘハ馬モ人モヨモカヨヒ候ワジ。思食留《おぼしめし》リ給候ヘ」ト申テ、カキケツヤウニウセニケリ。イトヾ心細ゾ思《おぼ》サレケル。

大手ノ勢ハ宵ノ程ハ昆陽野ニ陣ヲ取、シコロヲ並テ居タリケルガ、三草ノ手ニ向《むかひ》タル越前三位、能登守ノ陣ノ火、湊川ヨリ打上テ、北岡《きたの》ニ火ヲ立タテケ[5]ルヲ、大手ノ兵是《これ》ヲ見テ、「九郎御曹司既ニ近付給ヘリ。打ヤ〳〵」トテ、我先ニ係《かけ》ムト、五万余騎、手々ニ続松《たいまつ》ヲ持[6]テ忩《いそ》[7]ギケル所ニ、火ヲ放《はなち》ケレバ、汀ニ[8]連《つづき》テ万燈会ノ如シ。生田森マデツヾキタリ。海上光リ渡リテ身ノ毛イヨダチテヲビタヽシ。源氏、平氏ノ陣ノ火ノ立《たた》ヌ所ゾナカリケル。

熊谷次郎ハ子息小次郎直家ニ申ケルハ、「此《この》大勢ニ具シテ山ヲ落《おとさむ》ニハ、高名不覚モ有マジ。其《その》上明日ノ軍《いくさ》ハ打コミニテ、誰《たれ》先ト云《いふ》事アルマジ。今度ノ合戦ニ一方ノ前《さき》ヲ係《かけ》タリト、兵衛佐殿ニキカレ奉ラムト思《おもふ》ゾ。其《その》故ハ、兵衛佐殿、可レ然者《しかるべき》ヲバ一間《ひとま》ナル所ニヨビ入テ、『今度ノ軍ニハ、汝一人ヲ恃《たの》[9]ムゾ。親ニモ子ニモ云《いふ》ベカラズ。軍ニヲイテハ忠ヲ尽《つくさ》デ頼朝ヲ浦見《うらみ》ヨ』トゾ宣ケル。

1 「丹」、底本「舟」。書き癖とみて改めた。
2 ルビ「ス」、底本は本文中に捨てがな。ルビ行に移した。
3 「モ」、底本のまま。「ノ」とあるべきか。
4 「コウ」、底本のまま。「越ゆ」がア行に活用する例か。第三末十「義仲白山進願書事付兼平与盛俊合戦事」にも、「山ヲコウル」と見える。
5 「立タテケルヲ」、「タ」は捨てがなか。長門本「たきたりける」。
6 「持」、「捧」と字体が似る。長門本「もちて」
7 「忩ギケル所ニ」、長門本「いそきけり。所々に」
8 連兵ツヾクツワモノ（天正本節用集）
9 「恃」、底本「特」。誤写と見て改めた。

直実ニモカク被レ仰シ事ヲ承テ、一方ノ前《さき》ヲバ心ニカク。イザウレ小次郎、西《にしの》方《かた》ヨリ幡磨路ヘヲリテ、一谷ノ先セム。卯時ノ矢合《やあはせ》ナレバ、只今ハ寅ノ始ニテゾ有《ある》ラム」トテ、打出ムトシケルガ、「アワレ、平山ハ先ヲ心ニカケタルト見《みる》物ヲ。平山ハ先ニヤ此《この》山ヲ出ヌラム」ト思テ、人ヲ遣テ平山ガ在《ある》所ヲ見セケルニ、使返《かへり》テ申ケルハ、「平山殿ノ御方ニハ、只今馬ノハミ物シテタヒゲ[1]ニ候フモ、御ヌシハマイリテ候《さうらひ》ゲニテ、御物具《もののぐ》メシ候カト覚テ、御鎧ノ草摺ノ音ノカスカニ聞ヘ候。御乗馬《のりむま》トオボシクテ、鞍置テ、轡計《ばかり》ハヅシテ、舎人引《ひか》ヘテ候。物具メシ候ガ、平山殿ノ御音《こゑ》ト覚《おぼ》シクテ、『八幡大菩薩モ御覧ゼヨ。今日ノ軍ノマ先セムズル物ヲ』ト宣《のたまふ》」ト申ケレバ、熊谷、「サレバコソ」ト思テ、小二郎直家、旗指共《とも》ニ三騎相具シテ、幡磨路ノ渚ニ心ヲカケテ、打出ムトスル所ニ、武者コソ五六騎出来タレ。「只今コヽニ出来タルハナム者ゾ[2]、名乗リ候ヘ」ト云ケルコヘヲ聞テ、九郎御曹司ノ御音ト聞テ、直実申ケルハ、「是《これ》ハ直実ニテ候。君ノ御 出《ぎよしゆつ》ト承リ候テ、御共ニ参リ候ワムトテ候」トゾ申ケル。

後ニ申ケルハ、「御曹司ノ御音《こゑ》ヲ、其《その》時聞タリシハ、百千ノ鉾サキヲ身ニアテラレタラムモ是ニハスギジトオソロシカリシ」トゾ申ケル。義経ハ、「其[3]ヨリ先ニ係《かく》ル者ヤアル、又敵ヤ襲来ルラムト思テ、夜廻《よまはり》[4]シケルナリ。イシウ参タリ」ト宣テ引返《ひきかへす》所ニ、共スル様《やう》ニテヌキアシニコソ歩セタレ。

「ソモ渚ヘイヅル道ノ案内ヲ知《しら》ヌヲバイカヾスベキ。ナマシキ[5]ニ出《いで》バ、出ヌ山ニ迷テ、咲《わら》ハレテ恥ガマシカルベシ」ト申ケレバ、小二郎申ケルハ、「武蔵ニテ人ノ申候シハ、『山ニ迷ハヌ事ハ安キ事ニテ候ナリ。山沢《やまさは》ヲ下《くだり》ニダニマカリ候ヘバ、イカサマニモ人里ヘマカル』トコソ申候シカ。其ノ定《ぢやう》ニ、山沢ヲ尋テ下《くだら》セ給ヘ」ト申ケレバ、「サモアリナム」トテ、山沢ノ有ケルヲ指南《しるべ》[6]ニテ下リケルホドニ、思《おもひ》ノ如ニ幡磨路ノ渚ニ打出テ、七日ノ卯剋計《ばかり》ニ一谷ノ西ノ木戸口ヘ寄《よせ》テミレバ、城墎ノ構様《かまへやう》、誠ニオビタヽシ。陸《くが》ニハ山ノ麓マデ大木ヲ切伏テ、其《その》影ニ数万騎ノ勢並居《なみゐ》タリ。渚ニハ山ノ麓ヨリ海ノ遠浅マデ大石ヲタヽミテ乱杭《らんぐひ》ヲ打《うち》、大船数ヲ不レ知立置タリ。其影ニ数万疋ノ馬共、十重《とへ》[7]

1 「タヒゲニ」、長門本「かうけに」
2 「ナム」、底本のまま。
3 「其」、底本のまま。長門本「我」。
4 Yomauari（日葡辞書）
5 Namaxijni（日葡辞書）
6 指南シルヘ（類聚名義抄）
7 ルビ「へ」は底本のルビ。

廿重《はたへ》[1]ニ引立タリ。其後《そのうしろ》ニハ赤旗数ヲ不レ知立並《たてならべ》テ、矢倉ノ下ニモ雲霞ノ兵《つはもの》ノ並居タリ。海ニハ数千艘ノ儲船《まうけぶね》[2]ウチタリケレバ、輒《たやす》ク破《やぶる》ベシトモ不レ見ケリ。

熊谷次郎直実、褐衣《かちの》鎧直垂ニ、紺村濃《こんムラゴ》ノ鎧ニ、紅ノホロカケテ、権太栗毛ト云《いふ》馬ニ、黒鞍置テゾ乗タリケル。大中黒ノ矢ノ、二十四指タル頭高《かしらだか》ニ負《おひ》ナシ、二所藤《ふたところどう》ノ弓ノ極テニギリ太《ぶと》ニテツヨゲナルヲゾ持タリケル。子息小二郎直家[3]ハ、ヲモダカヲ所々ニスリタル直垂ニ、フシナハメノ鎧ニ、ソレモ紅ノホロカケテ、妻黒ノ矢頭高ニ負成《おひなし》テ、滋藤ノ弓ヲ以《もち》テ、鹿毛ナル馬ニ黒鞍置テゾ乗リタリケル。旗指《はたさし》ハ、秋野摺《あきののすり》タル直垂ニ、洗川《あらひがは》ノ鎧ニ、三枚甲ヲキテ、黒鴾毛《くろツキげ》ナル馬ノ、名ヲバ白浪ト云逸物《いふいちもつ》ニゾ乗タリケル。此《この》馬ハ陸奥栗原姉葉ト云《いふ》所ニ白浪ト云牧アリ。是ヨリ出来リケル上、尾ガミノ白カリケレバ、白浪トゾ付タリケル。

熊谷父子二騎、木戸口近ク攻寄《せめよせ》[4]テ、「武蔵国住人熊谷次郎直実、嫡子直家生年十六歳。伝《つたへ》テモ聞ラム者ヲ。我ト思ハム人々、楯ノ面《おもて》へ係出《かけいで》ヨ」ト申テ、父子轡ヲ並テ馳廻リケレドモ、出合者《いであふ》ナカリケリ。只《ただ》遠矢ニ散々ニゾ射ケル。熊谷ガ馬ノ太腹ヲ射サセテ、䮿《ハネ》落サレテ、シコロヲ傾《かたぶけ》、弓杖《ゆんづゑ》ヲツキ、城内ヲニラマヘテ、「去年ノ冬、相模国ヲ立シヨリ、命ヲバ兵衛佐殿ニ奉リ、名ヲバ後代ニ留ムベシ。平家ノ侍ドモ落合《おちあへ》ヤ〳〵」ト大音声《だいおんじやう》ヲ放テ勇ミケレドモ、落合者《おちあふ》ナカリケリ。「室山、水島二个度ノ合戦ニ、高名《かうみやう》シタリト云《いふ》ナル二郎兵衛、悪七兵衛、上総五郎兵衛ハナキカ。高名モ敵ニ依テコソスラメ。能登守殿ハオワセヌカ。アナ無慚ノ殿原ヤ。係出《かけいで》テクメヤ〳〵」ト云ケレドモ、係出ル者ナカリケリ。良久《ややひさしく》待ドモ、敵不㆓落合㆒、木戸ノ上ノ高屋倉《たかやぐら》ヨリ雨ノ如クニ射ケル矢ハ、甲《かぶと》ノシコロヲ傾テ、鎧ノ袖ヲ振合〳〵ゾ射《いさ》セケル。熊谷、子息直家ニ云ケルハ、「敵寄レバトテサワグナ。[5] 鎧ノ射向ノ袖ヲ甲ノマカウニアテヨ。アキマヲ、シメ。ユリ合《あはせ》〳〵シテ、常ニ鎧ヅキセヨ。ハタラカデ立テ、鎧ニ裏カ、スナ」トゾ云ケル。

サルホドニ夜モホノ〴〵ト明《あけ》ケレバ、[6] 熊谷又申ケルハ、「平山ハ九郎御曹司

1 ルビ「へ」は底本のルビ。
2 「ウチ」、底本のまま。長門本・盛衰記「うかへ」
3 「家」、底本「實」。誤写と見て改めた。
4 「攻」、底本「政」。書き癖と見て改めた。
5 「ク」、底本「キ」に「ク」と重ね書き。
6 「ハ」、底本虫損。補った。

ノ御共ニテ山ヲバヨモ落サジ。浜ノ手ニコソ心ヲバ係《かけ》[1]ツレ。アワレ今ハツヾクラム物ヲ」ト、父子云合《いひあはせ》テ立タリケル処ニ、云《いひ》モハテネバ、ハマノ方ヨリ平山ノ武者所、ハタ指相具《さしあひぐし》テ二騎出来タリ。平山ハ三重目結《みつしげめゆひ》ノ直垂ニ、赤革威[2]ノ冑ニ、三枚甲ニ薄紅ノホロカケテ、目糟毛ト云《いふ》馬ニゾ乗リタリケル。旗指ハ黒糸威ノ鎧ニ、三枚甲ヲゾキタリケル。熊谷、平山ヲミテ、「アレハ平山殿ノオワスルカ」ト問ケレバ、季重[3]ノ名乗デ木戸口ヘセメヨリケレバ、「サレバコソ」トゾ申ケル。平山申ケルハ、「季重モ今ハトウニヨスベカリツルヲ、成田五郎ニスカサレテ、今マデ和殿ニサガリタルゾ。成田ガ云ツルハ、『先ヲ係《かく》ルト云《いふ》ハ、大勢ヲ後ニアテ、コソ係ル事ナレ。只一騎係入《かけいり》タラバ、百ニ一《ひとつ》命生タリトモ、誰ヲカ証人ニ立ベキ。後陣ノ勢ヲ待《まて》』ト云《いふ》時ニ、ゲニモト思テシバラク引《ひか》ヘテ待《まつ》所ニ、ヤガテ成田前《さき》ヲノブル間、『コノ君ハ季重ヲ置[4]ダスヤ。其《その》義ナラバ馬ノ尻ニハツクマジキ物ヲ。ワ君ガ馬ハヨワキ物』ト云テ、弓手ニス[5]ラセテ一鞭アテ、アユマセツレバ、二三段計《ばかり》サガリツルトゾミツル。今《いまは》十四五町バカリハサガリツラム。心ハタケク思《おもふ》トモ、馬弱テサキヲ係《かくる》事ハ叶マジキ物ヲ。熊谷殿《くまがえどのの》馬ト季重《スエしげ》ガ馬トハ、アワレ逸物《いちもつ》ヤ」トゾ褒《ホメ》タリケル。

カク云《いふ》ホドニ、城ニハ矢倉ヲ二重《ふたへ》ニ構テ、上ニハ平家ノ侍、下ニハ郎等、国々ノ兵並居《なみゐ》、高キ岸ニソヘテ屋形ヲ打テゾ大将軍ハ被レ居タリケル。口一《ひとつ》ヲ開タレバ、イヅクヨリ可二係入一《かけいるべし》トモミヘザリケリ。

其後《そののち》城ノ内ヨリ、「イザ、終夜《よもすがら》悪口シツル熊谷生取リニセム」トテ、越中二郎兵衛盛次、上総五郎兵衛忠光、同《おなじく》悪七兵衛景清[6]、飛騨三郎左衛門景経、後藤内兵衛定綱以下《いげ》、究竟《くつきやう》ノ[7]ハヤリヲノコノ若者共廿三騎、木戸口ノ逆木《さかもぎ》ヲ開テ、轡《くつばみ》ヲ並テヲメイテ係出タリ。越中二郎兵衛盛次、真先[8]係《かけ》テ出キタリ。好ム装束ナレバ、紺村濃《こんむらご》ノ直垂ニ、黒糸威ノ鎧ニ、白星《しらほし》ノ甲ニ、白葦毛《しらあしげ》ノ馬ニゾ乗タリケル。熊谷ニ押並テ組《くま》ムズルヤウニハシケレドモ、熊谷スコシモ退ズ、父子アヒモスカサズ立タリケリ。越中次郎兵衛一段計《ばかり》ヘダテ、、「ワ君ニ相《あひ》テ命ヲバ捨《すつ》マジキゾ。大将軍ニコソ組《くま》ムズレ」ト云ケレバ、「キタナシヤ〱、

1 「ニ」、底本虫損。補った。
2 「革」、底本「草」。誤写と見て改めた。
3 「季重ノ名乗テ」、底本のまま。あるいは、「季重ト名乗テ」の誤写か。長門本「季重となのりて」
4 「置ダスヤ」、長門本「たしぬくよ」
5 「スラセテ」、長門本「なして」
6 「景」、底本「置」。誤写と見て改めた。
7 「ハヤリヲノコノ」、底本もと「ハヤリヲノ」とあり、「ヲ」と「ノ」の間に「コ」と小字で書き込み、さらにその右に「ノ」と傍書。訂正に従った。
8 「先」、底本「者」の左に「―」を付し、「先」と傍書。

組《くめ》ヤ〳〵」トゾ申ケル。越中次郎兵衛ガ引《ひか》[1]ヘタル、ヲソシトヤ思ケム、悪七兵衛景清、二郎兵衛ヲメテニナシテ係《かけ》ケルヲ、「ヤ殿、七郎兵衛殿。君ノ御大事、是《これ》ニ限ルマジ。アレホドノ不敵[2]ガタイニアウテ、命失テ詮ナシ。ヤ殿」ト云ケレバ、制セラレテ悪七兵衛モ係《かけ》ザリケリ。廿三騎ノ者共モ熊谷父子モ係ザリケリ。互ニ詞戦計《ことばだたかひばかり》也。

平山ヲバ其《その》時マデハ誰トモ不レ知、熊谷ガ郎等、乗替カト、平家ノ方ニハ思テ目係《めをかく》ル者モ無リケリ。木戸口ヲ開タリケルヲ悦テ、「遠キ人ハ音ニモ聞ラム、近《ちかく》ハ目ニモミヨ。武蔵国住人、西党《にしの》ノ中ニ、平山武者所季重、今日ノ軍《いくさ》ノマ先也」ト名乗テ城ノ中ヘ係入ヌ。是ヲ見テ城内ノ雲霞ノ勢サワギアヘリ。高矢倉ヨリ、「其男ニクメヤ、〳〵。引落セヤ」ト口々ニ詈《ののしり》ケレドモ、平山ガ乗タル馬ハ究竟ノ馬也、城中ノ者共ノ乗タル、船ニタテ礒ニタテタル馬ナレバ、ヤセツカレテ、一《ひと》アテアテタラバ、タウレヌベケレバ近付カザリケリ。二十三騎ノ者共ハ、熊谷ヲ打ステヽ、平山ガ後ヘゾセメテカヽリケル。平山、幡指《はたさし》ヲ被二射取一テ、其《その》敵ヲバ平山討テケリ。其頸取テ取付ニツク。熊谷父子ハ廿三騎ガ後ニツヾイテ係入ヌ。廿三騎者《にじふさんぎの》共ハ平山ヲモ取コメズ、熊谷ガ後ニアルヲ[3]イブセサニ、城中ヘ係入リテ、熊谷、平山ヲトザマニ成シテゾ戦ケル。「熊谷《くまがえが》子息小次郎直家、生年十六歳、軍ハ今日ゾ始ナル」トテ楯ノ際ニ攻寄《せめよせ》[4]テ戦ケルガ、小ヒヂヲイサセテ引退ク。平山ハ旗指射殺レタリケレドモ、木戸口ヲ開タレバ、平山ハ先ニ係入ヌ。サテコソ平山一陣、熊谷二陣ニ被レ成《なされ》ニケレ。熊谷平山一陣二陣ノ諍《あらそひ》トハコヽ、ナリケリ。

サルホドニ西ノ渚ヨリ成田五郎卅騎計《ばかり》ニテ馳来ル。其ニ打ツヾキ、又五六十騎出来《いできたる》。熊谷是ヲミテ、「誰人ニテオワスルゾ」[5]ト問ケレバ、「信乃国村上次郎判官代基国」ト名乗テヲメイテカク。是ヲ始トシテ、秩父、足利、武田[6]、吉田、三浦、鎌倉、小沢、横山、児玉、猪俣、野与、山口ノ党ノ者共、我ヲト[7]ラジト係入テ、源平両家、白《しら》ハタ赤ハタ相交《あひまじは》リタルコソ面白ケレ。龍田山ノ秋暮《あきのゆふべ》[8]、タナビク雲ニ不レ異。互ニ乱合テヲメキ叫ブ音《こゑ》、山ヲヒヾカシ、馬ノ

1 「引ヘタルヲソシトヤ」、長門本「ひかへたるをにくしとや」、四部本「引《へ》悪《ヲシャ》」、盛衰記「不組ケルヲ悪シトヤ」。なお、底本「ヲソロシトヤ」と書写し、「ロ」にミセケチ。

2 「不敵ガタイ」、長門本「ふてかたひ」、盛衰記「フテ癩」、四部本「乞癩様者」

3 「ヲ」、底本「ル」の右下に小字。後補か。

4 「攻」、「政」と書写し、偏「正」に「エ」を重ね書き。

5 「オワスル」、「オワシ」と書写し、「シ」に「ル」を重ね書きし、さらに「ワ」と「ル」の間に○印、「ス」と傍書。

6 「武田」、底本「田」脱字。補った。長門本「武田」

7 「ラ」、底本「テ」。誤写と見て改めた。長門本この前後「われおとらし」

8 暮ユフヘ（類聚名義抄）

ハセチガフヲト如レ雷ノ。組テ落者《おつる》モアリ、落重《おちかさな》ル者モアリ。源氏モ平氏モ、イヅレコソヒマ有《あり》トモミヘザリケレ。[1]熊谷、平山、馬ノ足ヲモヤスメ、我身ノ息ヲモツガムトテ引退クヲリハ、ホロヲカナグリヲトシ、我身ノ息ヲツイデケレバ、又ホロヲカケテ、ヲメイテ係入ル。コ、ニテ平家ノ軍兵、残少ク被レ打ニケリ。一谷ノ北ノ小竹原《さ さ はら》[2]ノ緑ノ葉モナクアケニゾ成ニケル。草木モ又人馬ノ肉《ししむら》トゾミヘシ。

源氏ノ搦手《からめて》一万余騎ナリケルガ、七千余騎ハ九郎義経ニ付テ三草山ニ向《むかひ》ヌ。三千余騎ハ幡摩路ノ渚ニソウテ、一谷ヘゾ寄《よせ》タリケル。平家ハ摂津国生田森ヲ一ノ木戸口トシテ、堀ヲホリ、逆木《さかもぎ》ヲ引《ひき》、東ニハ堀ニ橋ヲ引渡シテ口一ツアケタリ。北ノ山ヨリ際[3]マデハ、垣楯《かいだて》[4]ヲカイテ矢間《やま》ヲアケテ待係《まちかけ》タリ。

浜手《はまの》ヨリハ蒲冠者範頼大将軍トシテ、三千余騎ニテ押寄タリ。御曹司申サレケルハ、「大勢ヲ待付テ軍《いくさ》ハセヨ。小勢ニテ先ニス、ムデ不覚スナ」ト宣ヘバ、梶原承テ、「若党共イタクス、ムナ。『大勢待付テ、軍ハセヨ』ト御定

ナリ」ト申ケレバ、梶原《かぢはらが》子息平次景高、手縄《たづな》[5]ヲ引《ひか》ヘテ、父景時ニ申ケルハ、

「ムカシヨリトリツタヘタルアヅサユミヒカデハ人ノカヘルモノカハ

ト申サセ給ヘ」ト云テ、マ先ニス、ミケリ。白旗其数ヲ不ㇾ知指上《さしあげ》タリ。白鷺ノ羽《つばさ》[6]ヲ並《ならべ》タルガ如シ。

我モ〳〵ト先陣ヲ心ザス兵多ク有ケル中ニ、武蔵国住人和私ニ河原太郎高直、同《おなじく》次郎盛直兄弟二騎、馳来テ馬ヨリ飛下テ、生田杜[7]ノ城戸口ヘ攻[8]寄テ、ツラヌキヲハキテ逆木《さかもぎ》ヲ上リコヘテ城中ヘ入ケルヲ、城中ヨリ備中国住人真鍋ノ四郎、五郎トテ兄弟有ケルガ、四郎ハ一谷ニ被ㇾ置タリ、五郎助光ハ究竟《くつきやう》ノ弓ノ上手、精兵ノ手聞《てきき》ナリケルヲ、木戸口ニエラビ被ㇾ置タリケルガ、川原太郎ガ逆木上リコエケルヲ見テ、サシアラワレテヨク引テ射タリケレバ、弓手ノ草摺ノハヅレヲ射サセテ、ヒザスクミテ弓杖ニカ、リテ立タリケルヲ、弟ノ河原次郎見テツトヨリテ、兄ヲ肩ニヒキ係《かけ》テ返ル所ヲ、助光又ヨクヒイテ二ノ矢ヲ射タリケルニ、次郎ガメテノヒザブシ[9]ヲ射《いさ》セテ、兄ト一《ひとつ》枕[10]ニ倒《たふれ》ニケリ。真鍋ガ

1 「レ」、底本「リ」に「レ」と傍書。傍書に従った。
2 小竹サ、（類聚名義抄）
3 「際」、長門本「南の海きは」
4 「垣」、底本「桓」。誤写と見て改めた。
5 縄ツナ（類聚名義抄）
6 羽ツハサ（類聚名義抄）
7 「杜」、底本「松」と書写し、旁「公」に「土」を重ね書き。
8 「攻」、底本「政」と書写し、偏「正」に「工」を重ね書き。
9 Fizabuxi（日葡辞書）
10 「ニ」、底本脱字。補った。

下人落合テ、取テ押《おさへ》テ、河原兄弟二人ガ頸ヲ取テ入ニケリ。

梶原平三是《これ》ヲミテ、「口惜《くちをし》キ殿原カナ。ツヾイテ入《いら》ネバコソ、川原兄弟ヲバ打セツレ。アタラ者ヲ」ト云テ、五百余騎ニテ押寄《おしよせ》テヲメイテ係入《かけいり》ケレバ、新中納言父子、本三位中将重衡二千余騎ニテ梶原ヲ中ニ取コメテ戦ケレドモ、一時計《ばかり》戦ケルニ、チトモシラケザリケルガ、サスガ無勢《ぶせい》ナリケレバ、梶原係タテラレテ引退《ひきしりぞき》ケルガ、郎等共ニ、「源太ガミヘヌハ何《いか》ニ」ト問ヘバ、「源太殿ハ大勢ノ中ニ取コメラレテ戦給ヒツレバ、被レ打テモヤオワシマスラム」ト申ケレバ、梶原聞モアヘズ「穴心憂《あなこころう》ヤ。源太打セテ景時一人[1]生残タラバ、何事カアルベキ」ト云テ、取テ返シテ、「相模国住人、鎌倉権五郎景政ガ末葉、梶原平三景時、一人当千ノ者ゾヤ。誰カ面《おもて》ヲ向《むく》ベキ」ト云テ、ヲメイテ係入タリケレバ、名乗ニヲソレテ、城中者《じやうちうの》共ザット引テノキニケリ。源太未レ打《いまだうたれず》シテ、敵三騎ガ中ニ取籠ラレテ、大童《おほわらは》ニナリテ、イワカゲニ後ヲアテ、マクラニ、今ヲ限ニ戦ウ。梶原係入テ、「景時コヽニ有」ト云テ、源太ヲ後ニシテ、我身ハ矢面《やおもて》ニフサガリテ、散々ニ射ハラヒテ、源太ニ息ツガセテ、「イザウレ、源太」トテ係破《かけやぶり》テ出ニケリ。[2]源太、景時ガ一谷ノ二度ノ係《かけ》トハ是也。

梶原源太景季、係《かく》ル時ハハタヲサ、ゲホロヲカケ、引《ひく》時ハイツノホドニマクラム、ハタヲマキホロヲヌイデ、度々入替《いれかへ》〳〵戦ケリ。武[3]芸ノ道ニモユ、シキ者ナリケル中ニ、ヤサシキ事ハ、片岡ノ桜ノイマダ青葉ナルヲ一枝折テ、エビラニ差具《さしぐし》テ、敵ノ中ニテシバシ戦テ引ケレバ、桜ガ風ニフカレテサトチリニケリ。敵モ御方《みかた》モ是ヲ感ジケル所[4]ニ、城中ヨリ齢三十計《ばかり》ナル男ノ、褐《かち》衣ノ直垂ニ洗皮ノ鎧キテ、馬ニハノラデ、弓脇ニハサミテス、ミイデ、申ケルハ、「本三位中将殿ノ御使ニテ候。『桜カザ、セ給テ候ニ、申セ』トテ候。

コチナクモミユルモノカハサクラガリ」

ト申《まうしも》ハテネバ、源太馬ヨリ飛下テ、「暫ク。御返事申《まうし》候ワム」トテ、

イケドリトラムタメトヲモヘバ

トゾ申タリケル。

1 「人」、底本は「生」の二画まで書きかけ、その上に「人」を重ね書き。
2 「源太景時」、「梶原」とあるべきか。長門本・盛衰記・覚一本「梶原」
3 「芸」、底本草冠に「勢」。誤写とみて改めた。
4 「ニ」、虫損。補った。

九郎義経ハ、一谷ノ上、鉢伏蟻ノ戸ト云《いふ》所ヘ打上《うちあがり》テ見ケレバ、軍《いくさ》ハ盛ト見《みえ》タリ。下ヲ見下セバ、或ハ十丈計《ばかり》ノ谷モアリ、或ハ二十丈計ノ巌《いはほ》モアリ。人モ馬モスコシモ通《かよふ》ベキ様《やう》ナシ。コヽニ別符小太郎スヽミイデヽ申ケルハ、「先度田代殿御一見ノ如《ごとく》ニ、老馬ガ道ヲ可レ知《しるべき》ニテ候。其《その》故イカニト申候ニ、伊与殿、八幡殿、奥ノ十三年ノ合戦ノ時、出羽ノ金沢ノ城ニテ七騎ニ打成《うちなさ》レ、スデニ御自害候《さうらふ》ベカリケルニ、駿川国《するがの》ノ住人大相大夫光任、老タリケル馬ヲ、鉢伏ノタウゲカラ下ス。此《この》馬二十余丈ノ瀧ヲ落《おとし》テ迎《むかひ》ノ尾ヘ付ク。其《その》時七騎ツヾイテガケヲ下リ、其後ニ五万余騎ニ成テ、貞任等ヲ御追発《ついばつ》ノ候ケルトコソ承候ヘ。カヽル御計《はからひ》ヤ有《ある》ベク候ラム」ト申タリケレバ、「尤《もつ》トモ可レ然《しかるべし》」トテ、老馬ヲ御尋アリケルニ、武蔵房弁慶相構《あひかまへ》タルコトナレバ、二疋ノ馬ヲ奉ル。一疋ハ葦毛、一疋ハ鹿毛ナリ。鹿毛ハ奥国[1]ノ住人岡八郎ガ進《まゐらせ》タレバ、岡ノ島ト申《まうす》。是ハ三十一歳ニナリニケル馬ナリ。イカケヂノクラニ、キニカヘシタル轡ヲハゲタリコレハ平家ノカサジルシナリ。葦毛ハ、石橋ノ合戦ニ被レ打シ岡前《をかざき》ノ悪四郎能実ガ子ニ、サナダノ与一能定ガ乗タル馬也。ヨニ入テイサメバ、ユフガホト名付ク。是ハ二十八歳也。白鞍置テ、カヾミ轡《ぐつわ》ヲハゲタリ此ハ源氏ノカサジルシナリ。二疋ヲ源平両家ノカサジルシトテ、鵯越ヨリ落ス。此《この》馬岩ヲ伝テ落ケルニ、坂ノ中ニヲジカノ三臥《みつふし》タリケルガ、馬ニ驚テサキニ落シテ行《ゆく》。馬モ鹿モ共ニ落シテ行。夜半ニ上ノ山ヨリ岩ヲクヅシテ[2]落シケリ。平家、「スワヤ、敵寄《よする》ハ」トテ、各《おのおの》馬ニ乗、甲《かぶと》ノヲ、シメテ、矢ハズヲ取テ相待《あひまつ》処ニ、敵ニハアラデ、大鹿三《みつ》、平大納言ノヤカタノ前ヘ落《おとし》タリ。平家ノ人々申ケルハ、「里ニ有ラム鹿モ人ニヲハレテ、山深《ふかく》コソ可レ入ニ、此《この》鹿ノ是ヘ落タルコソアヤシケレ。『敵軍野《や》ニ臥ス時ハ、飛鳥行《とぶとりツラ》ヲ乱《みだる》』ト云《いふ》事ノ有《ある》物ヲ。アワレ上ノ山ヨリ敵寄《よする》ニコソ」トテアワテサワギケル処ニ、伊与国住人武智武者所清章ト云《いふ》者、二《ふたつ》ヲバ射テ取テケリ。今一ヲバ逃シテケリ。此《この》鹿海ヲ指テ落《おち》ケルヲ、女方達《にようばう》ノ、召タル船バタヲタ、イテケレバ、本ノ山ヘカヘル。マレイノ三郎トヾメテケリ。「心ナラヌカリシタリ」トテ咲《わら》フ所ニ、ツヾキテ馬二疋ゾ落《おとし》ニケル。カゲハ

1 「奥国」、底本のまま。「奥州」とあるべきか。本巻には一三頁七行目、七三頁一〇行目、七八頁一〇行目に「奥州」とあり、「陸奥国」の使用例はない。

2 「テ」、底本丁末に「テ」とあり、次丁頭にも「テ」とある。衍字として一字を削除した。

ナニトカシタリケム、死テ落タリ。葦毛ハ尻足ヲシキ、前足ヲノベテ岩ニ伝テ落ケルホドニ、事故《ことゆゑ》ナク城ノ内へ落立《おとしたち》テ、御方《みかた》ニ向テタカラカニ二音三音《ふたこゑみこゑ》ゾイナ、キケル。

源氏ノ兵《つはもの》、其《その》時色ナヲリテ、人々我先ニ落《おとさ》ムトスル処ニ、三浦ノ一門ニ佐原十郎義連ス、ミイデ、申ケルハ、「人モ乗《のら》ヌ馬ダニモ落シ候。義連落シテ見参ニ入ラム」トテ、威《をど》シマゼノ鎧ニ、栗毛ノ馬ニ乗テ、幡一流《はたひとながれ》指上《さしあげ》テ、マ逆《さかさま》ニ落ス。五丈計《ばかり》ゾ落タリケル。底ヲミタレバ、猶《なほ》五丈計ゾ有ケル。御方《みかた》へ向テ申ケルハ、「是ヨリ下へハイカニ思《おもふ》トモ叶マジ。思止《おもひとどまり》給へ」ト申ス。「三草ヨリ是マデハル〴〵ト下《くだり》タレバ、打上《うちのぼら》ムトストモカナウマジ。下へ落シテモ死《しな》ムズ。トテモ死《しな》バ敵ノ陣ノ前ニテコソ死《しな》メ」トテ、手縄《たづな》ヲクレ、マ逆ニ落サレケリ。畠山申サレケルハ、「我《わ》レガ秩父ニテ、鳥ヲモ一羽、キツネヲモ一《ひとつ》立タル時ハ、カホドノ巌石ヲバ馬場トコソ思候へ。必ズ馬ニマカスベキニ非《あらず》」トテ、馬ノ左右《さう》ノ前足ヲミシト取テ引立テ、鎧ノ上ニカキ負テ、カチニテマ前《さき》ニ事故《ことゆゑ》ナクコソ落サレケレ。是ニツヾキテ、佐原十郎義連、「実《まこと》ニ。三浦ニテ朝夕狩スルニ、是ヨリ嶮《さが》[1]シキ所ヲモ落セバコソ落スラメ。イザヤ若党」トテ、一門引具テ、和田小太郎義盛、同《おなじく》次郎義茂、同三郎宗実、同四郎義胤、葦名太郎清際[2]、多々良五郎義治、郎等ニハ物部橘六、アマ太郎、三浦藤平、佐野平太、是等ヲ始トシテ、義経《よしつねの》前後左右ニ立並《たちならび》テ、手綱《たづな》カヒクリ、鐙フミハリ、目ヲフサギテ、馬ニ任テ落シケレバ、義経、「ヨカメルハ。落セヤ若党」トテ、先ニ落シケレバ、落《おち》トヾコホリタル七千余騎モ、我ヲトラジト皆ヲトス。

畠山ハ赤威《あかをどし》ノ鎧ニ、ウスベヲノ矢ヲイテ、黒《くろき》[3]馬ノ三日月ト付タリケリ。一騎モ損ゼズ城ノ仮屋ノ前ニゾ落付《おとしつき》タル。落《おとし》ハツレバ、白旗卅流《ながれ》[4]ザトサヽセテ、平家ノ数万騎ノ中ヘ乱入テ、時ヲドヽ作タリケレバ、我方モ皆敵ニミヘケレバ、肝心《きもこころ》モ身ニソハズ、アワテ迷《まどふ》事ナノメナラズ。馬ヨリ引落シ、射落[5]サネドモ、落フタメキ、上ニナリ下ニナリシケルホドニ、城ノ後ノ仮屋ニ火ヲ係《かけ》

1 嶮サガシ（類聚名義抄）
2 「際」、底本のまま。「隆」か。七三頁一二行目には「高」。
3 「黒馬ノ」、以下脱文あるか。長門本「ふとくたくましきにのりたりける。ふちうちに月かたのありけれは」とあり「三日月」につづく。盛衰記も同様の文を記す。
4 「ザト」、四部本に「雑」とあるのに従った。
5 「落」、底本脱字。補った。長門本「射おとさねとも」

タリケレバ、西ノ風ハゲシク吹テ、猛火《みやうくわ》城ノ上へ吹覆《ふきおほひ》ケル上ハ、煙ニムセビテ目モミヘズ、取《とる》物モ取アヘズ、只海へ[1]ノミゾ馳入ケル。助ケ船アマタ有ケレドモ、船ニツクハ少ク、海ニ沈ムハ多《おほか》リケリ。

所々ニテ高名《かうみやう》セラレタリシ能登守イカヾ思ワレケム、平三武者ガ薄雲ト云《いふ》馬ニ乗テ、陬磨《すま》ノ関へ落給テ、ソレヨリ船ニテ淡路ノ岩屋へゾ落給ニケル。

1　「ヘノ」、底本「ア」。誤写と見て改めた。

廿一　越中前司盛俊被討事

越中前司盛俊ハ、「トテモノガルベキ道[1]ナラネバ」トテ、一引《ひとひき》モ引カデ残リ留テ戦ケリ。盛俊、猪俣[2]小平六則綱ト寄合《よせあはせ》テ、組テ馬ヨリ落ニケリ。盛俊ハ聞《きこえ》タル大力《だいちから》ノ甲《かうの》者ナリケリ。人ニハ三十人ガ力持タリトハ聞ヘタリケレドモ、内々ハ七十人シテヲロシケル大船ヲ、一人シテヤス〱トアゲツヲロシツシケリ。小平六モ鹿[3]ノ角ノ一《いちの》草カリヲモギナムドスル者ニテアリケレバ、普通ニハ強《つよか》リケレドモ、下《したに》押ツメラレテ、盛俊ガ片ワキニハサミテスコシモハタラカサズ[4]。鎧武者ノ大《だいの》男ノ、シカモ大力ナルガ取テヲサヘタリケレバ、刀ヲ抜《ぬく》ニモ不レ及。スデニ頸ヲカヽムトシケルニ、甲《かう》ノ者《ものの》シルシニハ、平六[5]ガ申ケルハ、「ヤ殿、和殿ハタソ。敵ヲ打《うつ》法ニハ、交名《けうみやう》慥《たしか》ニ名乗セテ打《うち》タレバコソ、勲功ニモ預レ、名乗ラヌ首ヲバイクラ取タリトモ、物ノ用ニ立マジキ物ヲ。我《わが》名乗ツルヲバ聞給ツルカ」ト問ケレバ、「ヨクモ不レ知」ト答《こたふ》。「サラバ名乗テ聞セ奉ラム」ト云《いふ》。「我ハ武蔵国住人猪俣小平六[6]則綱トテ、名誉ノ者ニテ、兵衛佐殿マデモ知リ給タルゾ。和殿ノ軍《いくさ》ハ落軍《おちいくさ》ニナレバ、平家ノ打勝給ワム事有難シ。サレバ則綱ヲ打テ、何カハシ給ベキ。主《しゆう》ノ世ニオワセバコソ勧賞[7]勲功ニモ預ラメ。殿原ハ落人ゾ。則綱ヲ命ヲ生《いけ》給タラバ、兵衛佐殿ニ申《まうし》、和殿ノ親《したし》キ人共ノ有《あら》ムカギリハ何十人モアレ、助ケ申サムズルハイカニ。和殿ハ誰ト云《いふ》人ゾ」。「コレハ平家ノ侍、越中前司盛俊トテ、昔ハ平家ノ一門ニテ有シガ、近比《ちかごろ》ヨリ侍ニ成タル也」。「サテハ和殿ハ聞ユル人ゴサムナレ」ト云ケレバ、「サゾカシ。盛俊ハ子共アマタアリ。女子《によし》男子《なんし》ノ間ニ廿余人候。サラバ

1 「道」、長門本・盛衰記「身」
2 「小」、底本「小」にミセケチ、「近」と傍書。この章段内、訂正を施さない場合、ミセケチを施さず傍書する場合がある。訂正前の本文に従う。長門本・闘諍録「小」
3 「鹿ノ角ノ……」、覚一本「かの角の一二のくさかりをばたやすうひさきける者」
4 「カ」、「ラ」と「サ」の間に〇印、「カ」と傍書。
5 「平六」、底本のまま。行頭にあり「小」を脱したか。
6 「小」にミセケチ、「近」と傍書。
7 「賞」、底本「党」。誤写と見て改めた。

助給《たまへ》ヨ。一定《いちぢやう》カ」ト云ヘバ、「子細ニ及バズ。争《いか》デカ我ヲ助タラム人ヲバ助申《たすけまうさ》ザルベキ。八幡大菩薩ノ罰当リ候ワム。争カ《いかで》空事《そらごと》中ベキ」ト云ケレバ、[1]ウレシサノ余ニ、「サラバ助《たすけ》ム」トテ、頸ヲカクニ不レ及、抜タル刀ヲ指《さし》テヲキナヲリテ、前ハ深田、後ハ水タマリタリケル中ニ[2]塚ノ有ケルニ、盛俊ハ鎧ノタカヒボ解テ、二人ノ者共尻打カケテ、イキツギ居タリ。

サルホドニ猪俣党ニ、人見四郎ト云《いふ》者、黒糸威ノ鎧ニ、川原毛ナル馬ニ乗テ、浜ノ方ヨリ出来ル。盛俊、[3]小平六ニハ目モカケデ[4]、人見ノ四郎ニ目カケテ、「爰ニ来ル武者ハ何者ゾ」ト云テ、アヤシゲニ思タリ。[5]小平六スコシモサワガズ、「アレハ則綱ガ母方ノ従父兄弟、人見四郎ト云《いふ》者也。[6]オボツカナク思給《たまふ》ベカラズ」ト云ケレドモ、猶《なほ》人見四郎ニ目ヲカケテ、猪俣ニハ打トケテ後ヲサシマカセテ居タリ。則綱、「人見四郎ヲ待付テ討タラバ、『二人シテコソ討タレ』トイワムズ」ト思テ、人見四郎ガ近付《ちかづか》ヌ先ニ、則綱ガ足ヲツヨクフミテ、諸手以《もろてを》テ盛俊ヲ後ヨリ前ヘツヨクツキタリケレバ、盛俊マ逆《さかさま》ニ深田ノ水ノ底ニ肩マデツキヒテタリ。足ハ上ニアリ、ヲキム〳〵トシケルヲ、則綱ヒタノリニ乗カヽリテ、取テ押ヘテヲコシモタテズ、腰刀ヲ抜テツカモコブシモ通レトツヨク指テ、ヤガテ頸ヲカヒ切テ、大刀《たち》ノサキニ指貫《さしつらぬき》テ高ク指テ、「聞ユル平家ノ侍、越中前司盛俊ガ頸ゾヤ。正《まさし》ク則綱討タリ。後ノ証人ニ立給ヘヤ、殿原」トゾ申ケル。彼《かの》刀ハ薩摩国世代ノ住人、浪ノ平五ガ打タリケルフタシトロト云《いふ》刀ニ、ツカニハ桑ニ竹ヲ合《あはせ》タリケル刀トゾ聞ヘシ。

カヽル処ニ人見ノ四郎馳来テ、「此《この》頸ヲバイトリテ勧賞ニ行ワレバヤ」ト思ケレバ、此頸ヲバイケリ。則綱ハ一人ナリ、人見ハ多勢ナリ、無レ力《ちからなく》バワレケレバ、片耳ヲカキヽリテ取テケリ。頸ノ実検ノ所ニテ、人見四郎、「盛俊ガ頸」トテ指出《さしいだし》タリケレバ、則綱スヽミ出テ、「アノ頸ハ則綱ガ取テ候」ト申《まうす》。「人見ハ眼前《まのまへ》[7]ニ頸ヲ持タリ、『則綱取タリ』ト申《まうす》事不審也。子細何《いか》ニ」ト御尋アリ。則綱申ケルハ、「アノ頸ニハ左ノ耳ヨモ候ワジ。其《その》故ハ則綱ガ取テ候シヲ、人見多勢ニテバイトリ候シ間、則綱ハ一人ニテ候、無レ力被レ取候シ間、左

1 「ウ」、底本「レ」に「ウ」を重ね書き。
2 「ノ」底本虫損。補った。
3 「小」にミセケチ、「近」と傍書。
4 「カ」と「テ」の間に○印、「ケ」と傍書。
5 「小」にミセケチ、「近」と傍書。
6 「オ」、「ホ」に「オ」を重ね書き。
7 manomaye（日葡辞書）

ノ耳ヲ取テ以《もち》テ候」ト申テ、耳ヲ指出シテケリ。実《まこと》ニ頸ニハ左《ひだりの》耳ナカリケリ。則綱ガ指合《さしあはせ》テミレバ、同《おなじ》耳ニテ有ケリ。「サテ、則綱取テケリ」トテ、則綱ガ頸ニゾ定リケル。

又猪俣党ニ、藤田小三郎大夫深入シテ戦ケルガ、姉ガ子ニテ、武蔵国住人江戸四郎ト云《いふ》十七ニナル若者、藤田ヲ敵ト思テヨク引テ遠矢ニ射タリケレバ、母方ノ伯父ガ振仰ゲテ物見ムトスル頸ノ骨ヲゾ射タリケル。射ラレテ馬ヨリ傾キケル所ヲ、阿波民部大夫成良ガ甥ニ、桜葉外記大夫良遠ガ郎等落合テ打テケリ。

カヤウニ思々《おもひおもひ》ニ戦ケルホドニ、源氏ニ村上判官代基国、平家ノ仮屋[1]ニ火ヲカケタリケレバ、西《にしの》[2]風ハゲシクテ黒煙東ヘ吹覆テ、東ノ大手、生田森固《かため》タル軍兵是ヲ見テ、「今ハ何《いか》ニモ叶マジキ」トテ、船ニ乗《のら》ムトテ汀《みぎは》ニ向テ落ケレドモ、余ニ多クコミ乗タリケレバ、目《ま》ノ前ニ大船二艘ニヘ入タリ。「サテ可レ然《しかるべき》人々ヲバノセ申ベシ。ツギ〱ノ人ヲバ乗《のす》ベカラズ」トテ、船ニヨリツク者ヲバ大刀《たち》長刀《なぎなた》ニテナギケレバ、手打キラル、者モアリ、膝打ナガル、者モ

1　以下の記事、一〇一頁一三行目以下と類似。
2　ルビは一〇二頁一行目に「西ノ風」とあるのに従った。

有。カクハセラレケレドモ、敵ニ合テ死ムトハセザリケリ。何《いか》ニモシテ船ニ乗ムトゾシケル。御方打《みかたうち》ニゾ多フ打レニケル。先帝ヲ始進《まゐら》セテ、女院、北政所、二位殿以下女房達、大臣殿、御子右衛門督、可レ然人々ハ、兼テ御船ニ召テ海ニ浮ビ給ニケリ。

廿二　薩摩守忠度被討給事

一谷ノミギワニ西ヘサシテ武者一騎落行ケリ。齢《よはひ》四十計《ばかり》ナル人ノヒゲ黒也。黒皮威ノ鎧キテ、射残《いのこし》タリトオボシクテ、エビラニ大中黒ノ矢四五《よついつつ》残タリ。白葦毛《しらあしげ》ナル馬ニ、遠鴈《とほかりがね》シゲク打タル鞍置テ、小ブサノ鞦《しりがい》カケテゾ乗タリケル。

葦屋ヲ指テ下《くだり》ニ落ケルヲ、武蔵国住人岡部六矢田忠澄ト云《いふ》者馳ツヾキテ、「コヽニ只一騎落行ハ誰人ゾ。敵カ御方《みかた》カ名乗給ヘ」ト云カケヽレバ、「御方ゾ」ト答タリ。忠澄馳並《はせならべ》テ、サシウツブヒテ内甲ヲミケレバ、ウスガネ付タリ。「源氏ノ大将軍ニハカネ付タル人ハオワセヌ者ヲ。キタナクモ敵ニ後ヲバミセ給物カナ」ト云ケレバ、其時《そのとき》忠度、「御方ト云ハヾ云《いは》セヨカシ」トテ、六矢田ニ押並テ組テ馬二疋ガ間ニ落ニケリ。忠度落サマニ三刀マデ指タリケリ。一ノ刀ニハ手ガヰヲツキ、二ノ刀ニハクケヰ[1]ヲツキ、三ノ刀ハ甲ノ内ヘツキ入タリケレバ、ホウヲツキツラヌヰテ、六矢田ガ後ヘ刀三寸計《ばかり》ゾ出タリケル。六矢田ガ郎等落合テ、打刀ヲ以テ忠度ノ弓手ノ小ガヒナヲカケズ切ヲトス。サレドモ忠度スコシモヒルマズ[2]、メテノカヒナニテ六矢田ヲノセテ三イロバカリ被レ投タリ。忠澄ヲキアガリテ忠度ニ組《くむ》。ウヘニ乗ヰテ取テ押《おさへ》テ、「誰人ゾ。名乗給ベシ」ト。「己《おの》レニ合テ一度モ名乗ルマジキゾ。己ガ見知ラヌコソ人ナラネ。サリナガラモヨキ敵ゾ。定《さだめて》[3]勧賞ニ預ラムズラムゾ」ト云ケレバ、六矢田ガ郎等落重テ、忠度ノ鎧ノクサズリヲ引上テ是ヲサス。忠澄刀ヲ抜テ指カトミヘケレバ、頸ハ前ニゾ落ニケル。

忠澄頸ヲ大刀ノサキニ指《さし》貫《つらぬき》テ、「名乗レトイヘドモ名乗ラズ。是ハタガ頸ゾ」ト云テ、人ニミスレバ、「アレコソ太政入道ノ末弟、薩摩守忠度ト云シ歌人ノ御首ヨ」ト云ケルニコソ、始テサトモ知タリケレ。忠澄、兵衛佐殿ニ見参ニ入テ、勲功ニ薩摩守ノ年来《としごろ》[4]知行ノ所五个所アリケルヲ、忠澄ニ給テケリ。

橘馬允公長ガ弟橘五、備前四郎、妖尾余三三騎ツレテ、赤ジルシカナグリステ、、西ヲ指テ落行《おちゆく》。讃岐三郎、大田四郎、ナワノ太郎追カ、リテ、我劣《おとら》ジト面々ニ引組テ、馬ヨリドウド落テ、上ニナリ下ニナル。大田四郎ガ郎等左前ト云《いふ》者追ツキテ、妖尾余三ヲバ討テケリ。左前、三郎ガ郎等七十[5]騎ツレテ、備前四郎ヲバ討ケリ。ナワノ太郎ハ橘五ニ組テ有ケルヲ、大田四郎引返シテ、ナワヲ上ニ成テ、橘五ヲバサ、セテ後ニ頸ヲ切ニ、水モサワラズ切レニケリ。

此間《このひま》[6]ニ山鹿ノ兵藤三ガ落ケルヲ、土肥二郎ガ郎等ツヾイテ追テカ、ル。兵藤三取テ返《かへし》テ、敵二騎打取テ五騎ニ手負セテ打死ニスル。彼《かの》郎等五騎ヲバ大川小太郎広行、胤ノ太郎、二人シテ射落シテ頸ヲ取《とる》。武蔵房弁慶モ敵七騎打取テ名ヲ後代ニ留ケリ。

1 「クケキ」、長門本「ロ」
2 「モ」、底本ひらがな。カタカナに改めた。
3 「歓」に「勧」と重ね書き。
4 「来」と「知」の間に「未」とあり、ミセケチ。
5 「等」と「七」の間に「○」印を付し、さらに「十」の左に反転の印○印。「十七」とするか。
6 間ヒマ（類聚名義抄）

廿三　本三位中将被生取給事

本三位中将重衡ハ生田森ノ大将軍ニテオワシケルガ、国々ノ駈武者《かりむしゃ》ナリケレドモ、其《その》勢三千余騎計《ばかり》モヤ有ケム、城中落ニケレバ、皆係《かけ》ヘダテラレテ四方ヘ落失ヌ。少シ恥ヲモ知《しり》、名ヲモ惜《をしむ》程ノ者ハ皆被レ討ニケリ。走付《はしりつき》ノ奴原ハ、或ハ海ヘ入、或ハ山ニ籠《こもる》。其モ生《いくる》ハ少シ、死《しぬ》ルハ多《おほく》ゾ有《アリ》ケル。

中将其《その》日ハ、褐《かち》衣ノ直垂ニ、白糸《しらいと》ニテ村千鳥ヲヌイタルニ、紫スソゴノ鎧ニ、童子鹿毛トテ兄ノ大臣殿ヨリ得タリケル馬ニ被レ乗タリ。花ヤカニ優ニゾ被レ見ケル。中将、「若《もし》ノ事有《あら》バ乗替ニセム」トテ、年来《としごろ》秘蔵シテ被レ持タリケル夜目ナシツキゲト云《いふ》馬ニ、「一所ニテ死《しなむ》」ト契深カリケル後藤兵衛尉盛長ト云《いふ》侍ヲ乗セテ、身ヲ放タズ近ク打セタリ。御方《みかた》ニハヲシヘダテラレヌ、助船《たすけぶね》モコギ出《いだし》ニケレバ、西ヲ指テゾ歩セケル。経島ヲ打過テ湊川ヲ打渡リ、カルモ川、小馬《こまの》林ヲ弓手ニ見ナシ、蓮ノ池ヲバメテニナシテ、イタヤド、陬磨関ヲ打過テ、明石ノ浦ヲ渚ニ付テ被レ落タリ。

源氏《げんじの》[1]軍兵、乗替二騎相具《あひぐし》テ、中将ニ目ヲ係《かけ》テ追カケタリ。中将ノ乗給ヘル童子鹿毛ハ早走《はやばしり》ノ逸物《いちもつ》ナリケレバ、但[2]　馳延ラレケル間、景時今ハ叶ハジトヤ思ケム、若《もし》ヤ[3]追サマニ遠矢ニ射係《いかけ》タリケレバ、童子鹿毛ガ草頭《さうづ》ノ上ニ立ニケリ。馬ニハ矢立テ後ハ、鞭鐙ヲ合《あはせ》給ヘドモハタラカズ。盛長是ヲ見テ思ケルハ、「我身重テ[4]鎧ハキタリ、後《うしろ》ニ敵攻来《せめきたる》[5]。此《この》馬被レ召ナバ叶マジ。甲斐ナキ命コソ大切ナレ」ト思テ、鎧ノ射向ノ袖ナル赤ジルシカナグリステヽ、鞭ヲアゲテヒラムデ逃グ。中将是《これ》ヲ見給テ、「穴《あな》心ウヤ。何《いか》ニ盛長ヨ、年来《としごろ》ハサヤハ契シ。我ヲバステヽ、何《いづ》クヘ落《おつる》ゾヤ。其《その》馬参《まゐらせ》ヨヤ〳〵」ト音《こゑ》ヲ上テ宣ヘドモ、一目モ見返ラズ、「ヨシナシ〳〵」ト云テ、弥《いよいよ》鞭ヲ上テ落ニケリ。中将力不レ及シテ海ヘ打入《うちいれ》ラレタリケレドモ、馬弱リテハタラカネバ、馬ヨリ飛下テ水際《みぎは》ニヲリ立テ、刀ヲ抜キ鎧ノ引合《ひきあはせ》ヲシキリ、タカヒボハヅシ、小具足チギリステ、鎧ヲヌギステラレケルハ、自害ヲセムトニヤ、海ヘ入ラムズルニヤト思煩

1 「源氏ノ軍兵、乗替二騎相具テ」、長門本「こゝに源氏の侍梶原平三景時、のりかへ一きあひくして」。四部本も異文であるが、ここに梶原平三景時の名を記す。
2 「但」の下、行末まで漢字二字分空白。以下、長門本「たゝのひにはせられけるあひた」、盛衰記「只延ニノヒ給ケル間」、覚一本「たゞのびにのびければ」とある。
3 「若ヤ」、長門本「もしやと」
4 「重テ」、「重キ」の誤写か。長門本「おも冑」
5 「攻」、底本「政」とあり、ミセケチ。同じ行の上部余白に「攻」と記す。

ワレタル体《てい》ニテ立レタリ。敵後ニセメカヽリケレバ、自害スベキヒマモナシ。ソコシモ遠浅ナリケレバ、海ヘモ飛入給ワズ。

サルホドニ景時[1]ハセツヾキテ、馬ヨリ飛下テ、乗替ニモタセタル小長刀《こなぎなた》ヲ取テ、十文字ニ持テ畏《かしこまり》テ申ケルハ、「景時コソ君ノ渡《わたら》セ給トミ進《まゐらせ》テ、御迎ニ参テ候ヘ。御乗替ノ逃候ツルコソ無下ニ見苦《みぐるしく》覚候ヘ。イカニアレ体《てい》ニ候《さうらふ》侍ヲバ召仕《めしつかは》セ給ケルヤラム」ト申《まうし》モハテズ、「トク〳〵御馬ニ召候ヘ」トテ、我《わが》乗タル馬ニ取テ押乗奉《おしのせ》テ、[2]縄ニテ鞍ノ前輪ニシメ付テ、我身ハ乗替ニ乗テ、先ニ立《たち》テゾマカリケル。サバカリノ大将軍ノ生取レニケルコソ口惜《くちをし》ケレ。[3]重衡[4]後《のちに》宣ケルハ、「其時景時ニ詞ヲ懸ラレタリシハ、縦《たとへ》バ三百ノ鉾ヲ以テ一時ニ胸ヲ指《ささ》レケムモ、是ニハマサラジト覚タリシ」トゾ宣ケル。

盛長ハ息長キ逸物《いちもつ》ニ乗タリケレバ、馳ノビテ命計《ばかり》ハ生ニケリ。後ニハ熊野法師ニ尾中法橋ト申ケル僧ノ後家ノ尼ガ後見《うしろみ》シテゾ有ケル。彼《かの》尼訴詔有テ、後白川法皇ノ伝奏シ給ケル人ノ許《もとへ》参リタリケルニ、盛長共シタリケリ。人是ヲ

1　「ハセツヾキテ」、長門本「はせ付

見テ申ケルハ、「三位中将ノサバカリ糸惜《いとほしく》シ給シニ、一所《いつしよ》ニテ何《いか》ニモナラデ、サシモノ名人ニテ有シ者ノ、思ガケヌ尼公ノ尻前《しりさき》ニ立テ、ハレフルマヒスルコソ無慚ナレ」ト申テ、爪ハジキヲシテ目ヲ付テ見ケレバ、盛長サスガ物ハユゲニ思テカクレケルゾ、アマリニニクカリケル。

廿四　新中納言落給事
付武蔵守被討給事

新中納言知盛卿ハ武蔵国ノ国司ニテオワシケレバ、小玉党見知タリケルニヤ、武者一騎馳来リ、「大将軍ニ申候。御後ヲ御覧候ヘ。今ハナニヲ御戦候ヤラム」ト申タリケレバ、中納言後ヲ返見《かへりみ》給ヘバ、黒煙《くろけぶり》吹覆タリ。「大手ハスデニ破《やぶれ》ニケリ」ト宣モアヘズ、我先ニト浜ヘ向《むけ》テ馳給。船共ハ皆ヲキヘムケテコギ出ニケリ。アキレテゾオワシケル。打輪ノ旗サヽセタリケルハ児玉党ニヤ有ケム、三騎ヲメイテカヽルヲ、新中納言ノ侍ニ監物太郎頼賢トテ、究竟《くつきやう》ノ弓ノ上手ニテ有ケルガ、ヨクヒイテ射タリ。アヤマタズ旗指《はたさし》マ逆《さかさま》ニ射落シテ

て」
2　「縄」、長門本「さしなは」、盛衰記「指縄」
3　「レ」、底本「ル」。誤写と見て改めた。
4　「宣」、「後」と「ケ」の間に〇印、「宣」と傍書。

ケリ。残《のこりの》一騎スコシモシラマズヲメイテカヽリケルヲ、中納言ノ御子武蔵守知章中ニヘダヽリテ、組テ落ニケリ。取テヲサヘテ首ヲカキ給[1]ケルヲ、敵ガ童落合テ、武蔵守ヲバ指《さし》テケリ。監物太郎落重《おちかさなり》テ童ガ頸ヲバ取テケリ。頼賢モヒザノフシヲイサセテ、腹カキヽリテウセニケリ。此間《このひま》[2]ニ中納言ハ延《のび》給ヌ。

井上トテ究竟ノ馬ニ乗給タリ[3]ケレバ、海上[4]二十余町ヲヲヨギテ船ニ付給ニケリ。船モ所無《なく》テ、馬立《たつ》ベクモナカリケレバ、中納言セガヒニ乗移テ、馬ノ頸ヲイソヘ引向テ、一鞭アテ給タリケレバ、馬ヲヨギカヘルヲ見テ、「敵ノ物ニナシナムズ。射殺シ給ヘ」ト阿波民部成良申ケレバ、「敵ノ物ニナルトモ、我命ヲ被レ生《いけられ》タル馬ヲバ争可二射殺一《いかでかいころすべき》」トゾ宣ケル。馬ナギサニヲヨギ上テ、シヲ〳〵トシテ、畜生ナレドモ年来《としごろ》ノヨシミ忘レガタクヤ思ケム、船ノ方ヲ見送テ、三度マデイナヽキ足ヲカキケルコソムザムナレ。

九郎義経此《この》馬ヲ取テ、院ヘ被レ参《まゐらせられ》タリケレバ、「名高キ馬ナリ」トテ、一《いちの》御厩ニ被レ立タリケリ。黒馬ノ太ク逞《たくましき》ニテゾ有《アリ》ケル。中納言武蔵国務時《むさしのこくむの》、川

1　「給」、「キ」と「ケ」の間に○印、「給」と傍書。
2　間ヒマ（類聚名義抄）
3　「ケレバ」、底本「ケハレ」とあり、「ケ」の左下に○印を付し、「ハ」と「レ」に反転の記号がある。さらに「レ」の右下に小字で「ハ」とある。
4　衍字「ハ」を一字削除した。

越ト云《いふ》所ヨリ信乃ノ井上ノ小二郎ト云者ガ奉リタリケレバ、名ヲバ川越黒トモ付ラレタリ。又、井上トモ申ケリ。中納言此《この》馬ヲ余ニ秘蔵シ給テ、馬ノ祈ニ小[5]博士ト陰陽師トニ、月ニ一度泰山府君《たいさんぶくん》ヲ祭《まつら》セラレケリ。「其《その》故ニヤ、今度ノ軍《いくさ》ニ此馬ニ助ラレテ、御命モ延給《のびたまひ》、馬ノ命モ生タリケル」トゾ人[6]申ケル。

4 「二十余町」、長門本「三丁はかり」、四部本・盛衰記「三町計」。覚一本は「廿余町」

5 「小博士ト陰陽師トニ」、長門本「小博士と申陰陽師に」

6 「人」、「ソ」と「申」の間に〇印、「人」と傍書。

廿五　敦盛被討給事　付敦盛頸八島へ送事

赤地ノ錦ノ鎧直垂ニ、赤威ノ鎧ニ、白星ノ甲《かぶと》着テ、重藤ノ弓ニ切符《きりふの》矢負テ、金作《こがねづくり》ノ大刀ハイテ、サビツキゲノ馬ニ、黄伏輪ノ鞍置テ、厚房ノ鞦《しりがい》懸テ乗タリケル武者一人、中納言ニツヾイテ打入《うちいれ》テヲヨガセタリ。一町計《ばかり》ヲヨガセテ、ウキヌシヅミヌタヾヨイタリ。熊谷二郎直実、渚ニ打立テ此ヲミテ、「アレハ大将軍トコソミ進《まゐらせ》候へ。マサナウモ候《さうらふ》御後スガタカナ。返合《かへしあはせ》給《たまへ》ヤ」トヨバイケレバ、イカヾ思給ケム、汀ヘムケテゾヲヨガセケル。馬ノ足立《たつ》ホドニナリケレバ、弓矢ヲナゲステヽ、大刀ヲ抜テ額ニアテヽ、ヲメイテハセアガリタリ。熊谷待ウケタル事ナレバ、上《あげ》モタテズ、馬ノ上ニテ引組テ浪打ギハへ落ニケリ。上ニナリ下ニナリ、三《み》ハナレ四《よ》ハナレクミタリケレドモ、ツイニ熊谷上ニナリヌ。左右《さう》ノ膝ヲ以テ鎧ノ左右ノ袖ヲムズトヲサヘタリケレバ、少モハタラカズ。熊谷腰刀ヲヌイテ内甲ヲカ、ムトテミタレバ、十五六計《ばかり》ナル若人《わかき》ノ、色白《しろく》ミメウツクシクシテ、薄気装《うすげしやう》シテカネ黒也。鮮娟タル両髪ハ秋ノ蟬ノ羽ヲ並べ、苑転タル双峨ハ遠山ノ色ニマガヘリナムド云《いふ》モ、カクヤト覚テ哀也。「穴糸惜《あないとほし》ヤ」ト心弱ク覚テ、「抑《そもそも》君ハ誰人ノ御子ニテ渡《わたら》セ給ゾ」ト問《とふ》ニ、「只、トクキレ」ト答タリ。直実又申ケルハ、「君ヲ雑人ノ中ニ置進《まゐらせ》候ワム事ノイタワシサニ、御名ヲ備《つぶさ》[1]ニ承テ、必ズ御孝養《けうやう》申ベシ。其故ハ兵衛佐殿ノ仰《おほせ》ニ、『能敵《よき》打テ進《まゐらせ》タラム者ニハ、千町ノ御恩有ベシ』ト候キ。彼《かの》所領即《すなはち》君ヨリ給《たまはり》タリト存ジ候ベシ。是ハ武蔵国住人熊谷二郎直実ト申《まうす》者ニテ候」ト申ケレバ、「イツノナジミ、イツノ対面トモナキニ、是程ニ思《おもふ》ラムコソ難レ有ケレ。又名乗テモ討レナムズ、ナノラデモウタレムズ。トテモ討《うたる》ベキ身ナレバ、又カヤウニ云《いふ》モ踈《おろか》ナラズ」ト思ワレケレバ、「我ハ大政入道ノ弟、修理ノ大夫経盛ノ末子《ばつし》、大夫敦盛トテ生年十六歳ニナルゾ。早《はや》切レ」トゾ宣ケル。熊谷弥《いよいよ》哀ニ覚テ、「直実ガ子息小二郎直家モ十六ゾカシ。サテハ吾子ト同《おなじ》年ニテオワシケリ。カク命ヲステ軍《いくさ》ヲスルモ、直家ガ末ノ代《よ》ノ事ヲ思《おもふ》ガ故也。我子ヲ思《おもふ》ヤウニコソ、人ノ親モ思給ラメ。此《この》殿一人打《うた》ズトモ、兵衛佐殿勝給ベキ軍ニヨモ負給ワジ。打タリトテモ負給ベクハ、ソレニモヨルベカラズ」ナムド思煩ケルホドニ、前ニモ後ニモ組テ落ル者モアリ、頸ヲ取《とる》者モアリ。

サルホドニ土肥二郎実平三十騎計《ばかり》ニテ出来タリ。「土肥ガ見ルニ、此《この》殿ヲ助タラバ、『熊谷手取ニシタル敵ヲユルシテケリ』ト兵衛佐殿ニ帰聞《かへりきか》レ奉ラム事口惜《くちをし》カルベシ」ト思ケレバ、「君ヲ只今助進《たすけまゐらせ》テ候トモ、終《つひ》ニノガレ給ベカラズ。御孝養ハ直実ヨク仕候ベシ」トテ、目ヲ塞《ふさぎ》テ頸ヲカキテケリ。熊谷泣[2]々此《この》殿ヲ見レバ、漢竹ノ篳篥《ひちりき》ノ色ナツカシキヲ、紫檀ノ家[3]ニ入テ、錦ノ袋ニ

1 備ツブサニ（類聚名義抄）
2 「泣」、底本「注」。誤写とみて改めた。
3 「家」、長門本同じ。闘諍録「矢立」

入ナガラ、鎧ノ引合《ひきあはせ》ニ指《ささ》レタリ。此《この》篳篥ヲバ月影トゾ付ラレタリケル。又少《ちひさ》キ巻物ヲ差具《さしぐし》タリ。是ヲ見レバ、「[1]楊梅桃[2]李ノ春ノ朝《あした》ニモ成ヌレバ、[3]ツマニ囀ル鶯ノ野辺ニナマメク忍音《しのびね》ヤ、[4]野佳ノ霞[5]アラワレテ、ソトモノ桜イカ計《ばか》リ[6]重ネサクラムヤヘ桜。九夏三伏ノ夏ノ天《そら》ニ成ヌレバ、藤浪イトフ郭公《ほととぎす》、[7]代々ノ語《かたら》ヒヲリヲヘテ、[8]忍《しのぶ》ル恋[9]ノ心地コソスレ。黄菊[10]芝園ノ秋ノクレニモ成ヌレバ、[11]壁ニス[12]ダクキリ〴〵ス、[13]尾ノ[14]上ノ鹿、龍田ノ[15]紅葉哀也。玄冬素雪ノ冬ノ[16]暮《ゆふべ》ニモ成ヌレバ、谷ノ[17]小川ノ通路《かよひぢ》モ、皆白妙ニ[18]見渡《みえわた》ル。[19]名残《なごり》惜カリシ故京ノ、[20]木々ノ見捨《みすて》テ出《いで》シヤドナレバ、一谷ノ苔ト下ニ埋《うづも》レム」トゾカ、レタル。「修理大夫経盛ノ末子大夫敦盛」トゾカ、レタル。

直実余《あまり》ニ哀ニ覚テ、敦盛ノ頸ヲ彼《かの》直垂ニツ、ミテ、篳篥ト巻物トヲ取具《とりぐし》テ、「御孝養《けうやう》候ベシ」トテ、状ヲ書ソヘテ屋島ヘ奉レ送。釣舟ノ有ケルニ、雑色一人、水手《かこ》二人シテ奉ル。平家屋島ヘ付給ケル十三日ノ酉尅計《ばかり》ニ追付、「御船ニ可レ申事候《まうすべき》」ト申タリケレバ、平家ノ舟ヨリ、「何事ゾ」ト問《とふ》。「源氏ノ御《み》

1 「楊梅」、長門本・闘諍録「桜梅」
2 「李」、底本「季」。誤写と見て改めた。
3 「ツマニ囀ル」、闘諍録「囀ニ妻々《マト》一」
4 「野佳ノ霞」、長門本「野経のかすみ」と書写し、「経」に「径」と傍書。闘諍録「野辺《ノニ》霞」
5 「アラワレテ」、底本「アラワラレテ」。衍字と判断して、「ラ」を削除した。長門本「顕て」、闘諍録「顕《テ》」
6 「重ネ」、長門本「重《シゲク》」
7 「代々ノ語ヒヲリヲヘテ」、長門本「よな〳〵かゝり火したもえて」、闘諍録「夜々蚊遣火下燃《タヘテ》」
8 「忍ル恋ノ心地コソスレ」、長門本「しのへる恋の心ちする」、闘諍録「忍《ヘハノ》恋心地哉」
9 「ノ」、底本虫損。補った。
10 「芝園」、底本は「芝薗」。「紫蘭」とあるべきか。
11 「壁」、長門本「かきね」、闘諍録「壁《ヘ》」
12 「タ」に声点⑧
13 「尾ノ上ノ鹿」、長門本「おきのうは風身にしみて、つまこふ鹿のうらむこゑ、白菊黄菊とり〳〵に」

方《かた》ニ候21熊谷ガ使22」ト申ス。是ヲ聞テ船内《ふねの》サワギアヘリ。熊谷ガ使ノ舟モ平家ノ船ニ不二近付一、四五段計《ばかり》ニユラヘタリ。新中納言、家長ヲ召テ、「アレホドノ小舟ニ如何ナル樊会、張良ガ乗タリ23トモ何事カ可レ有《あるべき》。家長見テ参レ」ト宣ヘバ、家長郎等二人ニ腹巻キセテ、吾身ハ木蘭地ニ色々ノ糸ニテ師子ニボウタムヌイタルヒタ、レニ、ワキニ小具足計《ばかり》ニテ、ハシ舟ニ乗テコギ向《むかひ》タリ。子細ヲ問《とふ》。「熊谷方ヨリ24修理大夫殿ノ御方へ御文候」ト申テ立文ヲ持タリ。新中納言此《この》文ヲ取テ、「熊谷ガ私《わたくしの》文ノ候ナル」トテ修理大夫殿へ奉ル。大夫殿此《この》文ヲ見給ニ、御子ノ敦盛ノ御首ナリ。母《ははの》北方是ヲ見給テ、舟中《ふねのうち》ニ有トアル上下、泣悲ム事、実《げ》ニト覚テ哀也。「熊谷ハヒタスラノ荒夷《あらえびす》ニコソ有《ある》ラメト思程《おもふほどに》、情有テ、敦盛ガ首ヲ送タル心ノ中コソ哀ナレ」トテ、熊谷ガ状ヲ見給フニ、

謹言25。不慮ニ此君ニ奉二参会一シ之間、皇王公践得26、遇二秦皇燕丹一ニ恚挿ヲテ、直ニ欲レ決スルント二勝負一ヲ之剋ミ、俄ニ亡シテ二怨敵之思一ヲ、還テ投ゲ二武威ノ勇一ミヲ。剰サヘ奉ルレ加ヘ二守護一ヲ之処ニ、大勢襲ヒ来ル。

14 底本、「江」に「上」を重ね書き。
15 「紅葉哀也」、長門本「紅葉色かへて、からにしきとやまかふらん」
16 「暮」、長門本「空」、闘諍録「夕」。暮ュフへ（類聚名義抄）
17 「小川ノ通路モ」、長門本「小河もつらゝゐて」、闘諍録「小河ノ通路モ」
18 「見渡ル」、長門本「なりにけり」、闘諍録「成渡」
19 「名残惜カリシ故京ノ」、長門本「なこりおしかりし古郷の」、闘諍録「差モ惜二余波ソ一旧里一」
20 「木々ノ……埋レム」、長門本「木々の梢をふりすてゝ、万里の波濤に身をまかせ、今は摂津国なにはのほとり、一谷の苔の下にうつもれん」、闘諍録「見二弃ツ、木々梢一埋レム二一谷苔下ノニ一」
21 「候」と「熊」の間に「給」と書写し、ミセケチ。
22 「ガ」の下に「殿ノ御使」とあり、「殿」にミセケチ、「ノ」をすりけし、「御」にミセケチ。
23 「タ」虫損。補った。
24 「方」、「殿」にミセケチ、「方」と傍書。
25 以下の文書には異同が多いため、本

于レ時始[1]源氏雖レ射、彼多勢、是無勢也。樊会還養由芸慎。爰直実適受二生於弓馬之家一、幸耀二武勇於日域一、謀廻[2]二洛城一、靡レ旗冤レ敵事、天下無双之雖レ得レ名、蚊蛇[3]群曾[4]、蹈跟集如レ有二覆レ車事一。慭引レ弓放レ矢、空命於東方之軍奪、徒名西海波沈、自[5]他科《じたのとが》家面目非。而間此君御素意奉レ仰之処、給二御命於直実一、可レ奉レ訪二御菩提一之由、依レ被二仰下一、乍レ押二落涙一、不レ図給二御首一畢。恨哉、拙哉、此君与二直実一、結二奉悪縁一事。歎哉、悲哉、宿運深厚、為二怨敵之害一。雖レ然飜非二此逆縁一者、争互切二生死之木縄一、成二一蓮実一。然則偏卜二閑居地形一、併可レ奉レ祈二御菩提一。直実所レ申真偽、後聞無[6]二其隠一候歟。以二此趣一可レ有レ披[7]二御披露[8]一候。恐惶謹言。

二月八日　　直実

進上　平内左衛門尉殿へ

謹みて言《まう》す。不慮に此の君に参会し奉る間、皇工公践を得、秦皇燕丹に遇ふ恚

文注記と文意に関るもの以外は補注に譲った。

26　「皇王」、盛衰記「呉王」

りを挿《さしはさ》みて、直《ぢき》に勝負を決せんと欲する尅《きざ》み、俄《にはか》に怨敵《をんでき》の思ひを亡《ほろぼ》して、還りて武威の勇みを投ぐ。剰《あまつさ》へ守護を加へ奉る処に、大勢襲ひ来る。時に始めて源氏を射ると雖も、彼は多勢、是は無勢なり。樊会還りて養由が芸を慎む。爰《ここ》に直実適《たまた》ま生を弓馬の家に受けて、幸《さいはひ》に武勇を日域に耀《かかや》かし、謀《はかりこと》を廻《めぐ》らし城を落[9]とし、旗を靡かし敵を冤《しへた》ぐる事、天下無双《ぶさう》の名を得たりと雖も、蚊蛇群がりて曾をなし、蹭踉集まりて車を覆す事有るがごとし。慭《なましひ》に弓を引き矢を放ちて、空しく命を東方の軍《いくさ》に奪はれ、徒《いたづら》に名を西海の波に沈めむこと、自他の科《とが》、家の面目に非ず。而る間、此の君の御素意を仰ぎ奉る処に、御命を直実に給りて、御菩提を訪ひ奉るべき由、仰せ下さるるに依りて、落涙を押さへながら、図らざるに御首を給り畢《をは》んぬ。恨めしきかな、拙きかな、此の君と直実と、悪縁を結び奉る事。歎かはしきかな、悲しきかな、宿運深く厚くして、怨敵の害を為す。然りと雖も黐して此の逆縁に非ずは、争《いかで》か互ひに生死の絆《きづな》[10]を切り、一つ蓮《はちす》の実と成らむ。然れば則ち偏《ひとへ》に閑居の地形《ちぎやう》を卜《し》めて、併《しかしなが》ら御菩提

1 「始源氏雖レ射」、長門本「始參二平家一雖レ射二源氏一」
2 「洛」、底本「路」。誤写と見て改めた。「洛城」、長門本「洛西」、盛衰記「落城」。「靡レ旗冤レ敵」と対をなす点からいえば、「廻レ謀落レ城」とあるべきか。
3 「蛇」、長門本「虵」
4 底本「曾」。「層」か。
5 「自他科家面目非」、長門本「以非二自他面目一哉」
6 「後」に声点①、「聞」に声点⑧
7 「拭」、類聚名義抄には「ヌル」と読む。長門本・盛衰記「洩」
8 「敕」、長門本・盛衰記「披」
9 「落」、底本「洛」。改め、返り点の位置をも改めた。
10 「絆」、底本「木縄」。改めた。

を祈り奉るべし。直実が申す所の真偽、後聞に其の隠れ無く候はむか。此の趣を
以て御披露[1]を洩[2]らし有るべく候。恐惶謹言。

二月八日　　直実

進上　平内左衛門尉殿へ

トゾ書タリケル。

修理大夫殿返状《へんじやう》云《にいはく》、

敦盛[3]幷ニ遺物等給畢リヌ。此ノ事出デ二花洛之故郷ヲ一、自リレ漂シ二西海之浪上ニ一以来《このかた》、今更非
レ可ニレ驚ク。臨シ二戦場ニ一上ハ、何ゾ再ビ思ワン二返事ヲ一哉。盛者必衰無常之理ハ、会者定離穢土之習ヒ。
然ドモ成レ親トモ成レ子ト先世之契リ不レ浅カラ。釈尊羅雲[5]、受ク二楽天之裏ヲ一、非ニ二一子ノ別ニ一。応身
権化、猶ヲ以テ如レ此ノ。何ニ況凡夫ヲ乎。歎哉、恋哉、去ジ七日、自二打立シ朝一至マデ二于今ニ一、
其ノ面影未ダレ離レ身ヲ。燕メ来テ語ヘドモ、不レ聞二其ノ音ヲ一、帰鴈ノ翅ヲ並テ空ニ音信レドモ、其ノ面影ヲ不レ見。

生死遙ニシテ迷フ二行方ニ一。今マ一度依テ二其ノ由緒ノ聞《マホシキニ》一、仰テレ天ニ伏テレ地ニ、心肝ヲ摧テ是ヲ祈請シ奉ツル。偏ニ仰テ二神明之納受ヲ一待ツ二仏陀感応ヲ一之処ニ、七日ノ内ニ是ヲ見ル。猶ヲ非ズ下与ル二仏天ノ一処ニ上乎。然則内ニハ信力催シテレ心ヲ、外ニハ感涙洗《ヒタス》レ袖ヲ。仍テ生来レル不レ劣ラ、蘇活ニ是レ同ジ。抑モ非ズ二貴辺ノ芳恩ニ一者、如何《カヾム》得ム二是ヲ相見ルヲ事ヲ一。一門ノ風塵皆以テ捨ツレ是ヲ。況ヤ於テ二怨敵ニ一哉。訪ヒ二和漢之両国ヲ一、顧ニ二古今代々ヲ一、未ダレ聞カ二其ノ例ヲ一。恩深高ニシテ須弥頗ル下シ。蒼海還テ浅シ。進テ欲レバレ酬イントレ、過去遠々タリ、退テ欲レバレ報ムトレ、未来漸々《ヤウタル》者歟。雖レ多シト二万端一、難シレ尽シ二筆紙ニ一。謹言。

左衛門尉平奉　家長

二月十四日

熊谷二郎殿ノ御返事

敦盛幷びに遺物等給り畢《をは》んぬ。此の事花洛の故郷を出でて、西海の浪の上に漂ひしより以来《このかた》、今更に驚くべきに非ず。戦場に臨みし上は、何ぞ再び返る事を思はんや。盛者必衰は無常の理、会者定離は穢土の習ひなり。然れども親と成り子と成るも先世の契り浅からず。釈尊羅雲、楽天の裏を受く。[6]一子の別れに非ず。

1　「披」、長門本・盛衰記に従って改めた。

2　「洩」、長門本・盛衰記に従って改めた。

3　以下の文書には、異同が多いため、本文注記と文意に関るもの以外は補注に譲った。

4　「洛」、底本「BREAK」。誤写と見て改めた。

5　「釈尊羅雲受楽天之裏非一子別」、盛衰記「釈尊愛羅睺之存、楽天悲一子之別」

6　盛衰記「釈尊羅睺の存を愛し、楽天一子の別れを悲しむ」

応身の権化、猶ほ以て此《かく》のごとし。何《いか》に況むや凡夫をや。歎かはしきかな、恋しきかな、去《い》んじ七日、打ち立ちし朝《あした》より今に至るまで、其の面影未だ身を離れず。燕《つばくらめ》来りて語らへども其の音《こゑ》を聞かず、帰鴈の翅《つばさ》を並べて空に音信《おとづ》るれども其の面影を見ず。生死遙にして行方に迷《まど》ふ。今一度《ひとたび》其の由緒の聞かまほしきに依りて、天に仰ぎて地に伏して、心肝を摧《くだ》きて是を祈請し奉る。偏《ひとへ》に神明の納受を仰ぎて仏陀の感応を待つ処に、七日《しちかにち》の内に是を見る。猶ほ仏天の与《あたふ》る処に非ずや。然れば則ち内には信力心を催し、外には感涙袖を洗《ひた》す。仍《よつ》て生れ来れるに劣らず、蘇活に是《これ》同じ。抑《そもそ》も貴辺の芳恩に非ずは、如何《いかが》是を相見る事を得む。一門の風塵皆以て是を捨つ。況むや怨敵に於てをや。和漢の両国を訪ひ、古今の代々を顧みるに、未だ其の例《ためし》を聞かず。恩深高にして須弥頗る下《ひき》[1]し、蒼海還りて浅し。進みて酬《むく》いむと欲すれば、過去遠々たり、退きて報いむと欲すれば、未来永々《やうやう》[2]たる者か。万端多しと雖も、筆紙に尽くし難し。謹言。

二月十四日　左衛門尉平奉　家長

トゾカ丶レタリケル。是ヨリシテゾ、熊谷ハ発心ノ心ヲバオコシケル。法然上人ニ相奉《あひ》テ、出家シテ法名蓮性トゾ申ケル。高野ノ蓮花谷ニ住シテ、敦盛ノ後世ヲゾ訪ケル。「難《カリ》レ有ケル善知識カナ」トゾ人申ケル。

1 下ヒキシ（易林本節用集）
2 「永」、底本「漸」。長門本・盛衰記に従って改めた。Yôyô（日葡辞書）

廿六　備中守沈海給事

小松殿ノ末《すゑの》御子、備中守師盛ハ小船ニ乗テナギサニソイテ、助船《たすけぶね》ト志テ落給ケルニ、薩摩守ノ郎等ニ豊島九郎真治トテ究竟《くつきやう》ノ甲《かうの》者、大力《だいぢから》ニテ有ケルガ、岸ノ上ニ立テ、「アレハ備中守殿ノ渡《わたら》セ給候ト見進《まゐらせ》候ハ、僻事《ひがこと》ニテ候カ。是ハ薩摩守殿ノ御内《みうち》ニ、豊島九郎ト申《まうす》者ニテ候。守殿《かうのとの》ニハ後レ進セ候ヌ、助サセ給候ヘ」ト申タリケレバ、年来《としごろ》[1]ホシト思ワレケル真治也、「此《この》船ヨセテアレ乗《のせ》ヨ」ト宣ヘバ、「御舟ハ少《せばく》[2]候。イカニシテカ乗セ候ベキ」ト侍共申ケ

1 「ホシ」、長門本同じ。
2 「少候」、長門本「せはく候」、盛衰記「狭ク候」。少セハシ（伊呂波字類抄）

ルヲ、「只乗セヨヤ〳〵」ト宣ケレバ、力及バデヨセテケリ。真治大《だい》ノ男ノ鎧キテ、高岸《たかぎし》[1]ヨリ忩《いそ》ギ飛乗リケレバ、舟バタニ飛カヽリテ踏傾ケテ、乗直サム〳〵トシケルホドニ、踏返シテ一人モ残ラズ皆海ヘ入ニケリ。是ヲ見テ川越小太郎重頼ガ郎等、十郎大夫八騎馳来テ、熊手ニ係《かけ》テ是等ヲ取上テ頸ヲ切ル。擲《なぎ》刀《なた》持タル男ノ師盛ノ頸ヲ切ラムトテヨテ申ケルハ、「カネ付サセ給テ候ハ、平家ノ一門ニテオワシマシ候ゴサムメレ。名乗セ給ヘ」。師盛宣ケルハ、「己ニ逢テ名乗ルマジキゾ。後ニ人ニ問ヘ」トテ名乗給ワズ。長刀《なぎなた》ニテ頸ヲ切ニ悪《あし》[2]ク打テ、ヲトガヒヲドウニ付タリ。頸ヲ取テ人ニミスルニ、「小松殿ノ末ノ御子、備中守師盛」ト申ケレバ、「吉《よき》人ニコソ」トテ、又立還テ、ヲトガヒヲ取テ頸ニツケテゾ渡シケル。勲功ニ師盛ノ知行ノ跡、備中国ヲゾ給《たまはり》テケル。

1　Tacaguixi（日葡辞書）
2　「ニ」、底本虫損。補った。

廿七　越前三位通盛被討給事

門脇中納言教盛ノ嫡子、越前三位通盛ハ、一谷被ㇾ破ニケレバ、礒ヘ打出給タリケレドモ、船ナカリケレバ、只一騎渚ニソイテ東ヘ向テ歩給フ。湊河ノ下[1]ニテ近江国住人佐々木源三盛綱七騎追テカヽル。三位取テ返シテ、主人ト覚シキ者ニ目《めを》カケテ馳向ケルヲ、佐々木ガ郎等、三位ノ甲ニ熊手ヲ投懸テ、「エイ」ト云テ引《ひか》ヘタリ。三位ノ甲切《きれ》ニケリ。押並テ引組テドウド落ツ。上ニ成リ下ニ成リ、一時計《ばかり》取コロビケルヲ、佐々木ガ郎等落重リタリケレドモ、凡ソ輪宝ナムドノ如《ごとく》ニテ、将基倒ヲスル様《やう》ニマロビケレバ、アタリ近ク人ヨラズ。盛綱下ニナル。三位刀ヲ抜テ、佐々木ガ頸ヲサヽレケレドモ切レズ。佐々木ガ郎等三位ノ鎧ノ引合《ひきあはせ》ヨリ大刀ヲ左右ヘ指《さし》チガヘテ、ウツヲニクリナシテケレバ、三位ヨハリ給タリケルヲ頸ヲ取ル。佐々木ガ頸ハナカラ計《ばかり》ゾ切タリケル。佐々木ヲキアガリテ、三位ノ頸右ノ手ニサゲテ、弓杖ツキテ、フトコロヨリタヽウ紙ヲ取出シテ頸ノ血ヲノゴフ。アケニ成テゾミヘケル。三位ノ軍兵アマタ其数有ケレドモ、一谷ニテカケヘダテラレテ、散々《ちりぢり》ニナリニケレバ、宮太瀧口時員ト云《いふ》侍、三位ノ跡ヲ尋テ追テ参リケレドモ追ツカズ。三位被レ打給テ後、追

1　「湊河ノ下」、一四〇頁九行目に「湊川ノ尻」とある。

付タリケレドモ頸ハナシ。ムクロヲミルニ、モヘギニヲヒノ鎧ノ引合セニ、秘蔵シテ持給タリケル笛ヲ指《ささ》レタリ。此《この》笛ヲ取テ三位ノ御馬ノハナレテ有ケル取テ乗リ、泣々馳返リニケリ。

廿八　大夫業盛被討給事

爰《ここ》ニ常陸国住人比気四郎、五郎ト云《いふ》兵アリ。四郎、弟ノ五郎ニ申ケルハ、「今日一定《いちぢやう》吉《よき》敵ニ組ツト覚候。過ヌル夜、夢見ノ古《よ》カリツルゾ」ト申《まうし》モハテネバ、兵二人出来リ。一人ハ大童《おほわらは》ナリケルヲ、比気ノ四郎馳並テカミヲ取テ鞍ノ前輪ニ押付テ、首ヲカイキリテ指上《さしあげ》タリ。一人ハ萌黄匂ノ鎧キテ、鹿毛ナル馬ニ乗テ落ケルヲ、比気五郎吉《よき》敵ト目ヲカケテ、押並テ組テ落ヌ。渚ギワニ古キ井ノ有ケル中ニ二人組テ臥タリ。五郎ハ下ニ敵ハ上ニ有ケレドモ、井ノ中ハセバシ、落《おち》ハサマテ、互ニ何《ナニ》トモセザリケリ。兄《あにの》四郎馳廻《はせめぐり》テ見《みれ》ドモ、弟《おととの》五郎モ見《みえ》ザリケリ。井ノ有ケルヲ馳《はし》[1]リ寄テミレバ、中ニ兵二人アリ。「比気ノ五郎ハコ、ニ有《ある》カ」。カスカナル音《こゑ》ニテ、「安重」[2]ト名乗ケレバ、馬ヨリ飛下テ敵ガ首ヲカク。十六七計《ばかり》ナル若《わかき》人ノ、ウスガネヲゾ付タリケル。是ハ門脇中納言ノ子息、蔵人大夫業盛ニテゾオワシケル。哀トモ云《いふ》ハカリナシ。

新中納言、大臣殿ニ被レ申ケルハ、「武蔵守ニモヲクレ候ヌ。頼賢モ討レ候ヌ。今《いまは》心細クコソ覚候へ。家長モヨモ生候ワジ。只一人持タリツル子ノ、父ヲ助《たすけ》ムトテ敵ニ組《くむ》ヲ見ナガラ、親ノ身ニテ引《ひき》モ返サヾリツル[3]コソ、命ハヨクヲシキ物ニテ候ケリト、身ナガラモウタテク覚候。人ノイカニ思ラム」トテ泣[4]給ケレバ、大臣殿モ宣ケルハ、「武蔵守ハ手モキ、心モ甲《かう》ニテ、吉《よき》大将軍ニテオワシツル者ヲ。アラ惜《をし》ヤ。アタラ者カナ」トテ、御子ノ右衛門督ノオワスルヲ見給テ、「今年ハ同《おなじ》年ニテ、十七ゾカシ」トテ、涙グミ[5]給ヘルゾ[6]糸惜《いとほし》キ。

是ヲ見奉ル人々モ、皆鎧ノ袖ヲゾヌラシケル。家長ハ伊賀ノ平内左衛門、是ハ新中納言一二ノ者ナリケレバ、「命ニモカワリ、一所《いつしよ》ニテ何《いか》ニモ成ム」ト契深カリケル者共也。

1 馳ハシル（類聚名義抄）。長門本「はせきたりて」
2 「重」、底本「童」。誤写と見て改めた。長門本「安重」
3 「ツル」、底本脱字。長門本に従って補った。
4 「泣」、底本「注」。誤写と見て改めた。
5 「ミ」、底本脱字。補った。
6 「ゾ」、底本「ヲ」の上に「ソ」を重ね書き。

廿九　平家ノ人々ノ頸共取懸ル事

可レ然《しかるべき》人々ノ首、竹結《ゆひ》渡テ取カケタリ。「千二百余人」トゾ注《しるし》ケル。大将軍ニハ越前三位通盛、薩摩守忠度、但馬守経正、若狭守経俊、武蔵守知章、備中守師盛、蔵人大夫業盛、大夫敦盛、已上《いじやう》八人。侍ニハ越中前司盛俊、筑前守家貞被レ討ニケリ。惣《そうじ》テ大将軍ト覚シキ人十人トゾ聞ヘシ。但《ただし》敦盛ノ頸ハナカリケリ。或ハ利剣ヲフクミテ地ニ倒ヌ、或ハ流矢《ながれや》ニ当テ命ヲ失フ類《たぐ》ヒ、麻ヲ散《ちら》セルガ如シ。水ニオボレ[1]山ニ隠ル、輩幾《いくそバク》計ゾ、其《その》数ヲ不レ知。主上、女院、内大臣、平大納言以下人《いげのひとびとの》々北方、御船ニ召テ目《ま》ノ当リ御覧ゼラレケリ。何《いか》バカリノ事ヲカ思《おぼしめし》食ケム、御心中《こころのうち》ヲシハカラレテ哀也。

翠帳紅閨ノ万事ノ礼法異《こと》ナルノミニ非ズ、船ノ中浪ノ上、一生ノ悲《かなしみ》喩ヘム方モアラジ物ヲト、思遣レテ哀也。父ハ船ニアリテ子ハ礒ニ被レ打、婦《め》[2]ハ船ニ有レバ夫ハ渚ニ臥ス。友ヲステ主ヲステ、モ片時《へんし》ノ命ヲ惜ム。兄ヲステ弟ヲ忘テモ、シバシノ身ヲタバウ。潮《うしほ》[3]ノ中ノ魚ノ沫《あは》[4]ニイキツグガ如シ。龍頭[5]ノ羊ノ笙楽《しやうのがく》ヲ怖ル、ニ似タリ。主上ヲ始奉《たてまつり》、ムネトノ人々ハ御船ニ召テ、思々心々ニ出給。船路ノ習ノ哀サハ、塩ニ引レテ行ホドニ、葦屋ノ里ヲ馳スギテ紀伊地ヘ趣ク船モアリ、便《たより》ノ風ヲ待得ズシテ浪ニ漂フ舟モアリ。光ル源氏ニアラネドモ、陬磨《すま》ヨリ明石ヲ尋ツヽ、浦伝行《うらづたひゆく》舟モアリ。スグニ四国ヘ渡ル舟モアリ。鳴戸ノヲキヲ漕渡リ、未《いまだ》一谷ノヲキニ漂フ舟モアリ。カヽリシカバ島々浦々ハ多ケレドモ、互ニ死生《ししやう》ヲ知ガタシ。国ヲ靡《なびか》ス事モ十三个国、勢ノ付《つき》従《したがふ》事モ十万余騎ニ及ベリ。都ヘモ一日路《ひとひぢ》[6]也。サリトモト思シ一谷モ被㆑落《おとされ》ニケレバ、各《おのおの》心細ゾ被㆑思ケル。

サテモ今度被㆑打ヌル人々ノ北方、サマヲカヘテコキ墨染ニ成ツヽ、念仏申テ後生訪《とぶらひ》給ゾ糸惜《いとほし》キ。本三位中将重衡ノ北方、大納言亮殿計《ばかり》コソ、内ノ御乳母ナレバトテ、大臣殿制シ被㆑申ケレバ、サマヲモヤツシ給ハザリケレ。

1 「オ」に声点①、「ホ」に声点②
2 「婦」、長門本・盛衰記「妻」。婦メ（類聚名義抄）
3 「潮」、盛衰記「小水」
4 沫アハ（類聚名義抄）
5 「龍頭ノ羊ノ笙楽ヲ怖ル、ニ似タリ」、盛衰記「客舎ノ羊ノ屠所ニ歩ムニ似タリ」
6 Fitoigi（日葡辞書）

三十　通盛北方ニ合初ル事
付同北方ノ身投給事

越前三位通盛ノ北方《きたのかた》ハ、屋島ノ大臣殿ノ御娘也。御年十二ニゾ成給ケル。八条女院養進《やしなひまゐらせ》テ、通盛聟ニ取セ給タリケレドモ、未ダ少《をさな》クオワシケレバ、近付給《ちかづきたまふ》事モナカリケリ。

[1]頭刑部卿憲方ノ御娘、上西門院ノ御所ニ小宰相殿ノ局トテオワシケリ。貌《かほ》形《かたち》人ニ勝《すぐ》レテ心ニ情深《ふかく》、天下第一ノ美人ノ聞《きこえ》オワシケレバ、見《みる》人聞《きく》人、哀ト思ワヌハナカリケリ。越前三位其《その》時ハ中宮亮[2]トイワレキ。此《この》小宰相ノ局ノ少《をさな》クオワセシ時ヨリ、一《ひとつ》御所ニスミナガラ、哀ミマホシク思給ケレドモ、サモ無テ過《すぐし》給ケルホドニ、一年《ひととせ》上西門院所々ノ名所ノ花御覧ゼラレケルニ、小宰相殿モ参給ヒ、中宮亮モ供奉セラレケリ。大宮ヲ上リニ二条ヲ西ヘ行啓ナル。四方《よも》ノ山辺モ霞コメ、百囀ノ鶯モ折モヨヲセル物《も》ノナレヤ。亀山ノスソヨリ出ル大井川、水上キヨキ早キ瀬、井関ノホドモヲトタヘズ。梅津ノ里ニ匂フ風、ソモムツマジキユカリカナ。月モ桂ノ里ニスム。ゲニヲモカゲハ身ニゾソウ。雲居ノ

ヨソニ打スサミ、大内山モスギヌレバ、東吹風[3]ニタヨリシテ、主《あるじ》ヲ尋ヌル梅ノ匂、一夜ニシゲル松ノ枝[4]、アリシ昔ヲ忍ビカネ、袖ヨリアマル涙ヲバ[5]、思煩フ草枕ノ、露ヨリシゲキ心地シテ、天満天神ノオワシマス、右近ノ馬場ノ行啓也。

此《この》時ニ小宰相ハ十四ノ年ヨリ女院ノ御車ニゾ被レ参ケル。諸衛ノ女房達ハ車ヨリ下リテ遊給ケルニ、此小宰相殿ハミヘ給ハザリケレバ、女院、「小宰相殿ハ」ト御尋アリ。車ヨリ出給ウガ、「人ヤミル」ト覚シクテ、下リ煩ヒ給ケル景気ワ、秋ノ夜ノ月オバステ山ヲ住ウカレ、春ノ花吉野ノ峯ニホコロブカト、アタリモカヽヤク計《ばかり》也。花ヲ一房折ツヽ、扇ニ取ソヘテ被レ立タリ。折シモ嵐木末《こずゑ》ニサヘケレバ、散懸《ちりかかる》花ニ任テ優ニゾミヘケル。通盛此《これ》ヲ一目ミ給ショリ、人シレズ病ト成ニケリ。色ニ出テタフス。人ニ問ケレバ、年来《としごろ》優ニ聞給シ小宰相殿是《これ》也。今一《ひと》シホゾ増リケル。日々ニ副《そひ》テハ重ク成給テ、臥沈テオワシケリ。「神モユルス御事ナラバ、ミタラシ河ニフシモ沈マバヤ」トノミ思ワレケレドモ、ソレモ叶ワヌ[6]御事ナレバ、タヾアケクレハ此《この》人ノ事ヨリ外ハ他事ナクゾ思

1 「頭」、四部本・覚一本同じ。長門本「藤」、盛衰記「故」

2 「亮」、底本「助」。この章段内、ここを除けばすべて「中宮亮」。誤写と見て改めた。

3 「東吹風」、菅原道真の故事を踏まえる。「こちふくかぜ」と読むか。

4 「ケ」に声点⑧

5 「マ」、底本「ケ」。誤写と見て改めた。

6 「ヌ」、底本「ス」。誤写と見て改めた。

ワレケル。

六条ノ局ト云フ乳母ノ有ケルガ、「此御イタハリクルシカラジトハ仰候《おほせさぶら》ヘドモ、日ニ随テ御有様ヨハゲニ見ヘサセ給。御心苦《こころぐるしく》」ト申ケレバ、「指《さし》テ大事モナキ物ヲ」トテ打トケ給ワズ。六条アヤシト思《おもへ》ドモ、其《その》心ヲシラズ。有時又六条、「ワラワニカクサセ給、何事ニテ候ゾ。今コソ思知レテ候ヘ。御心ヲ置セ給候ハヾ、御内《みうち》モ住ウクナム」ト、ヤウ〳〵ニウラミテ、「サテモユ、シキ医師《くすし》ノ候ナル、被レ召候ヘカシ」ト申ケレバ、三位日比《ひごろ》ハ思ナグサム方モナクテ忍ビツレドモ、今ハ限リト思ケレバ、「心ニ思フ事云《いは》ネバ罪深シ」ト云《いふ》時ニ、「右近ノ馬場ノ花ミノ行啓ノ有シニ、小宰相局ヲ一目見テシヨリ、病トナリタリシナリ。耆婆、偏鵲ガ薬モ是ヲ療ズル術モナシ。晴明、道満ガ術道モカナウマジ。若彼《もしかの》ユカリニ知タル人ヤ有《ある》。此《この》事ヲ知セバヤト思フゾトヨ」。六条、「サレバコソ」ト思テ、「宰相殿ノ御乳母ノ子ニ、小野ノ侍従ト申ス女房ヲコソ知テ候ヘ」。三位悦《よろこび》テ、「サラバ知セヨ」ト宣ヘバ、侍従ニ、「カク」ト申タリケレバ、「万《よろ》ヅ身ニタヱ候ワム事ヲバ承リ候《さぶらは》バヤト思テコソ候ヘドモ、コレハ叶《かなふ》マジク候。此君ノ七歳ノ御年ヨリ女院ノ御懐《ふところ》ヲ離レ進《まゐらせ》給ワズ、御寝所《ぎよしんじよ》ヨリソダテ進《まゐらせ》マシ〳〵テ、今年ハ十四ニナラセ給。此事人ニ知セ給《たまふ》ナヨ」ト云ケレバ、六条還《かへり》テ此由ヲ申ケレバ、「サテハ叶マジキニコソ」トテ臥沈《ふししづむ》。万死一生トミヘ給フ。六条申ケルハ、「男《をのこ》ハ心強キコソ憑《たのもし》ク候ヘ。御命ダニ渡《わたら》セ給ハヾ、ナドカサテシモ候ベキ。御文ヲアソバシテ給《たまはり》候ヘ。侍従ニトラセ候ワム」ト云ケレバ、「サラバ」トテ、文ヲカキテ六条ニタビテケリ。六条此《この》文ヲ侍従ニトラセタリケレバ、ユヽシク心得ズゲニ思テ、暫《しばらく》物モイワザリケルガ、此《この》文ヲ奉レ返モ情ナシトヤ思ケム、「申テコソ見候ハメ」トテ、宰相殿ニ奉ル。宰相殿貌《かほ》打赤メテ、「コハ何事ゾヤ。人ヤミツラム。浅猿《あさまし》ヤ」トテ、御《み》スノ内ヘ入《いり》給フ。カクト知ラセ始給テ後ハ、三年《みとせ》マデ玉章《たまづさ》数ノミツモリケレドモ、取モ入給ハズ。サレドモ三位是ニナグサミテ、露《つゆの》命消ヤリ給ハズ。

三年モスギヌレバ、「チヅカヲ立《たて》シニシキヾ、立ナガラヤクチヌラム。ツレナキ人コソ善知識ナレ」トテ、「明日ハ戒ノ師請ジテ出家シ、高野、粉河ニモ入コモリ給ワム」トゾ出立《いでたち》給ケル。六条余ニ悲《かなしく》思テ、侍従ニ、「カク」ト泣々申タリケレバ、侍従ヲドロキテ、「年来《としごろ》ハナニトナク等閑《なほざり》ノ御事ニヤト思テ候ヘバ、サヤウニ御身ヲイタヅラニ成給《なしたまふ》御事ナラバ、コマヤカニ申テミ候ワム」トテ、侍従、宰相殿ニ申ケルハ、「中宮亮殿コソ御身ユヘニ明日ハ出家シテ、高野、粉河ニモ閉コモラムトシ給《たまふ》ナレ。人ヲ助《たすく》ルハミナヨノツネノ習ニテコソ候ヘ」ト申ケレドモ、「偽《いつはり》ニテゾ有《ある》ラム」トテ、露《つゆ》ナビキゲモオワセズ。侍従帰テ、「ナヲモ心ヅヨゲニオワスルゾ。御内《みうち》ヘマヒラセ給ワム時、コマカニ御文ヲアソバシテ、車ノ内ヘナゲ入給ヘ」ト云ケレバ、中宮亮悦テ、「三年《みとせ》ノ思ニタヘズシテ、今ハ思切リ、世ヲ遁テ高野、粉河ニモコモルベキ」ナムド細《こまか》ニ文ヲカキ給テ、便宜《びんぎ》ヲ伺ワレケルホドニ、或時小宰相殿御所ヘ参給ケルニ、ヒソカニ人ニ云合《いひあはせ》テ、青侍《あをさぶらひ》ヲ以テ御文ヲ車ノ内ヘナゲ入サセテ、使ハカヘリニケリ。小宰相殿、「是ハイカナル人ノツテゾヤ」トテ、車ノ内ニテ忍サワギ給ヘドモ、御共ノ者[1]共モ、「シラズ」ト申ケレバ、大路ニステムモサスガナリ、車ニヲカムモツ、マシクテ、思煩ケルホドニ、御所モチカク成ニケレバ、イカニスベキ様《やう》モナクテ、袴ノ腰ニ挟《さしはさみ》[2]テ、御車ヨリ下《おり》給ニケリ。

ヲリシモ御遊《ぎよいう》ノホドナリケレバ、ヤガテ御前ヘ参リ給テ、ナニトナク被レ遊ケルホドニ、此文《この》ヲ落シ給テケリ。女院ノ御目ニシモ御覧ジ出《いだし》テ、御懐《ふところ》ニ引入サセマシ〳〵テ、女房達ヲ召集《めしあつめ》サセ給テ、「ヤサシキ物ヲコソ求タレ。人々コレ御ラムゼヨ」トテ取出サセ給タリケレバ、此御[3]文ナリケリ。女房達、「我モ不レ知、〳〵」トノミ、神仏ニカケテ被レ申ケレバ、小宰相殿カホケシキ[4]カワリテ、涙ハウクホドニゾミヘラレケル。「小宰相殿ノ落シ給テケリ」ト負給《おほせたまひ》[5]ニケリ。女院文ヲヒラキテ御ラムゼラル、ニ、妓炉ノ煙《けぶ》リナツカシク、蘭麝ノ匂《にほひ》フカクシテ、筆ノタテドモナベテナラズ、優ニ由アリテゾ被レ書タリケル。

1 「者」、底本「先」にミセケチ、「者」と傍書。
2 「挟」、底本「狭」。誤写と見て改めた。挟サシハサム（類聚名義抄）
3 「御」、底本「此」と「文」との間に○印、「御」と傍書。長門本には「御」なし。
4 「キ」、底本虫損。補った。
5 「負」、底本のまま。負オホス（類聚名義抄）

「我恋ハ細谷川ノマロキバシフミカヘサレテヌル、袖カナ

フミカエス谷ノウキハシウキ代ゾト思知[1]テモヌル、袖カナ

ツレナキ御心モ中〳〵今ハウレシクテ」ナムドカキタリ。女院仰《おほせ》ノ有ケルハ、「是ハアハヌヲウラミタル文ニコソ。イカニ思《おもひ》ナルベキ人ヤラム。中宮亮ノ申《まうす》トハホノカニ聞シカドモ、細ニハシラズ。アマリニ人ノ心ヅヨキモ、身ノトガトナル〳〵モノヲ。コノヨニハマノアタリアヲキ鬼トナリテ、身ヲイタヅラニナシ、ヒトリ行《ゆく》ミチニ行合テ、情ナキ事ヲカタリ、後ノ世マデノサワリトナリテ、世々ニ身ヲハナレヌトコソキケ。人ヲモ鬼ニナシテモナニカハセム。懸念無量劫トカヤモ罪深シ。昔小野小町ト云ケル者ハ、色貌《いろかたち》[2]人ニ勝レテ情モ深カリケレバ、見ル人聞人《きく》、肝ヲハタラカシ心ヲイタマシメヌハナカリキ。サレドモソノ道ニハ心ヅヨキ名取タリケルニヤ、人ノ思ノヤウ〳〵ツモリテハ、風ヲ防ク便《たより》モナク、雨ヲモラサヌワザモナシ。ヤドニクモラヌ月星ヲ涙ニヤドシ、人ノ惜ム物ヲ乞ヒ、野辺ノ若菜ヲツミテ命ヲツミ[3]ケルニハ、青鬼《あをき》ノミ

コソ床《とこ》ヲバナラベケレ。トク〱ナビキ給ベシ。終《つひ》ニ人ニミヘ給ハムニハ、アノ人共ノ云ワム事ヲバ、争《いかで》カ聞ステ給ベキ。此人《この》ト云《いふ》ニ、大政入道ノ甥ナリ。品モイヤシカラズ。平家繁昌ノヲリフシナリ、当時ハ誰カ此一門ヲサクベキ。此文ノ返事ハ我《わが》セム」トテ、御スヾリ召寄テ、

只タノメ細谷川ノマロキバシフミカヘシテハ落[4]ザラムヤハ

谷水ノ下ニ流テマロキバシフミミテ後ゾクヤシカリケル

カクアソバシテ返サレヌ。御ヒ[5]サフノ御車《みくるま》、御牛カケテ、小宰相殿ヲ三位ノ許《もと》ヘ被レ送ニケリ。仙宮ノ玉妃、天地ヲ兼テ契ヤ深カリケム、心ヤユカシクイサギヨカラマシノ心ニテ、切ナル事ノミゾオホカリケル。世ノ常ノ夫ノ思ワヌヲウチ歎テ、悔《くやしき》[6]事ナムドコソアレ、是ハ常ニ物思《ものおもひ》ガホニテ、雲上宮中ノ御遊モ倦《ものうく》[7]思給ケルニヤ。ヤサシカリシナカラヒナリ。

カクテナレソメ給テ、年来《としごろ》ニモナリニケレバ、互ニ御志浅カラズ被レ思タリケレバ、父、母、シタシキ人々ニモ離レテ、是マデオワシタリケルニヤ。漢《かんの》

1 「思知テモ」、盛衰記「思ショリモ」
2 貌カタチ（類聚名義抄）
3 「ツミケルニハ」、底本のまま。「ツギケルニハ」の誤写か。長門本「つな《きィ》けるには」、盛衰記「継ケルニハ」
4 「落ザラムヤハ」、盛衰記「落ル習ゾ」
5 Fisō（日葡辞書）
6 ルビ「くやしき」、長門本による。
7 倦 物ウシ（類聚名義抄）

武帝上林苑ニ御幸アリ。慎夫人ト云ヘル女御傍ニヲワス。[1]弇盎ヨテ夫人ノ座ヲシリゾケヽリ。公ノ御気色《みけしき》カワリ、夫人イカレル色アリ。弇盎ガ云ク、「公ハ后ヲハシマス。夫人妾《ふじんはせふ》ナリ。妾ハ君ト床《ゆか》ヲ一ニスル事ナシ。昔ノ人彘《ジムテイ》ガタメシヲ思知給ヘ」ト云ケレバ、夫人此事《この》ヲ覚リ得給テ、還テ喜《よろこぶ》。弇盎ガ賢キ心ヲ悦給テ、金三十斤《きん》ヲ給《たまはり》ケルトカヤ。越前三位此事ヲ思知給タルニヤ、小宰相殿ハ妾ニテオワシケレバ、一舟《ひとつ》ニハ住給ワズ、別ノ御舟ニヲキ奉テ、時々通給テ、三年ガ間、波ノ上ニ浮ビ給ケルコソ哀ナレ。

越前三位仕《つかひ》給ケル宮太瀧口時員ト云《いふ》侍、[2]馳来《はしりきたり》テ北方《きたのかた》ニ申ケルハ、「三位殿ハ湊川ノ尻ニテ、佐々木源三盛綱ト組テ打レ給ヌ。ヤガテ討死ヲモシ、自害ヲモ仕テ、後世《のちのよ》ノ御共スベキニテ候ツレドモ、『我ガイカニモ成ナム後ハ、命ヲ捨ズシテ、相構《あひかまへて》御ユクヘヲ見継奉《みつぎたてまつれ》』ト、兼テ能〳〵《よくよく》仰ヲカレテ候也。御詞ヲ違《たがへ》ジト存《ぞんじ》候テ、ツレナク参テ候」ト泣々申ケレバ、北方是ヲ聞給テ、シバシハ物モ宣ワズ、引カヅキ臥給ヌ。「一定《いちぢやう》討レ給ヌ」トハ聞給ヘドモ、

「若僻事《もしひがこと》モヤアルラム。生テ帰ラル、事モヤ」ト、只二三日ノ旅ニ出タル人ヲ待《まつ》心地シテ、シタマタレケルコソハカナケレ。

サルホドニ日数モ重リテ四五日ニモナリニケレバ、若《もし》ヤノ恃《タノミ》モ弱リハテ、、弥《いよいよ》思ゾマサリケル。乳母子ナリケル女房ノ只一人付タリケルニ、十三日、夜フケ人定《しづまり》テ、北方泣々宣ケルハ、「アワレ、此人ノアス打出ムトテハ、世中ノ心細キ事共ヲ終夜《よもすがら》云ツヾケテ、涙ヲ流《ながし》シカバ、『イカニカクハ云《いふ》ヤラム』ト心《むな》[3]サワギシテ覚《おぼえ》シカドモ、必ズカヽルベシトハ思ハザリシニ、限ニテ有ケル事ノ悲サヨ。『我《わが》イカニナリナム後、イカナル有サマニテ有ムズラムト思モ心苦シ。世ノ習ヒナレバ、サテシモアラジ。イカナル人ニ見エムズラムト、ソレモ心ウシ』ナムド云シ時ニ、タヾナラズナリタル事ヲ、其《その》夜始テシラセタリシカバ、ナノメナラズ悦《よろこび》、『通盛スデニ卅《みそぢ》ニ成《なり》ナムズルニ、未ダ子ト云《いふ》者ノナカリツルニ、初テ子ト云者有ラムズラム事ノウレシサヨ。アワレ、同《おなじく》ハ男子《なんし》ニテアレカシ。サルニ付テモカクイツトナキ船ノ中、波上《なみの》ノスマヒナレ

1 「𢍰」、盛衰記「爰」。底本の「𢍰」は「袁」か。
2 長門本「はしり」。馳ハシル（類聚名義抄）
3 心ムネ（類聚名義抄）

バ、身々トナラム時、通盛イカヾセムズラム』ト、只今有ムズルヤウニ歎給シ物ヲ。ハカナカリケルカネ事カナ。軍《いくさ》ハイツモノ事ナレバ、ソレヲカギリ最後トハ思[1]ワズアリシ。六日ノ暁ヲ限トシリセバ、後ノ世ニトモ契テマシ。誠ヤラム、女ハ身々トナル時、十《とを》ニ九《ここのつ》ハ死《しぬ》[2]ルナレバ、[3]カクテ恥ガマシキ目ヲ見テ、トモカクナラム事モ口惜《くちを》シ。若此《もしこの》世ヲ忍過《しのびすぐし》テナガラヘテモ有《あら》バ、心ニ任セヌ世ノ習ナレバ、不思議ニテ、思ワヌ外ノ事モ有ゾカシ。心ナラズサル事モ有バ、草ノ影ニテ見ム事モハヅカシケレバ、此ノ世ニナガラヘテモナニカハセム。マドロメバ夢ニミヘ、サムレバ面影ニタツゾトヨ。サレバ此次《このついで》ニ、底ノミクヅトモ思入テ、死出山《しでの》、三途川《さんづの》トカヤヲモ、同道《おなじ》ニトノミ思《おもふ》ガ、ソレニヒトリ残留テ歎《なげか》ムコトモイタハシク、古里ニ聞給テ、悲ミ給ワム事コソ罪深ケレドモ、思ハザル外ノ事モ有ゾカシ。若《もし》サモ有ム時ハ、ワラワガ装束ヲバ、何《いか》ナラム僧ニモトラセテ、衣ニセサセテ、後生《ごしやう》ヲモ問ヒ、無人《なき》ノ菩提ヲモ助給ヘ。書置タル文共ヲバ都ヘトヅケ給ヘヨ」ナド、コシカタ向末《ゆくすゑ》ノ事共マデカキクドキ宣ケレバ、「日来《ひごろ》ハ泣ヨリ外ノ事ナクテ、物ヲダニモ宣ハザリツルニ、カヤウニコマ〳〵トクドキ給《たまふ》コソアヤシケレ。ゲニ、千尋ノ底マデモ思入給ワムズルヤラム」ト胸打騒テ、北方ニ申ケルハ、「今ハイカニ思召トモ甲斐アルマジ。初テ驚思食スベキニモアラズ。其上御身一人ノ事ニテモナシ。薩摩守殿、但馬守殿、若狭守殿、備中守殿《びつちうのかみどのの》北方達モ、御歎何《なげきいづ》レモヲロカナラズ。サレドモ方々御サマヲ替テ後生ヲコソ訪進《とぶらひまゐらせ》サセ給ヘドモ、御身ヲ投ル人モナシ。必ズ同《おなじ》道ニト思食トモ、生替《むまれかはら》セ給《たまひ》ナム後ハ、六道四生ノ間ニ、何《いか》ナル苦ノ道ヘカ趣カセ給ヌラム。行逢《ゆきあひ》マヒラセサセ給ワム事モ有ガタシ。イカニモシテ平ラカニ身々トナラセ給テ、少《をさなき》人ヲモソダテ奉テ、ナキ人ノ御形見トモ見マヒラセサセ給ヘカシ。ナヲアキダラズ[4]思食《おぼしめさ》バ、御サマヲモ替サセ給テ、イカナラム山寺ニモ閉籠ラセ給テ、閑《しづか》ニ仏ノ御名《みな》ヲモ唱テ、故殿ノ御菩提ヲモ訪《とぶらひ》マイラセ、我《わが》御身ノ後生ヲモ助ラセ給ワムニ過タル善知識ハ争《いかで》カ候ベキ。其上都ニ渡《わたら》セ給《たまふ》人々ノ御事ナドヲバ、誰ニユヅリ、イカニナラセ給ヘトテ、カ

1 「思ワズアリシ」、長門本「おもはさりしに」
2 「死ルナレバ」、長門本「死なれは」
3 「カクテ……口惜シ」、長門本「かくてはちかましき目を見んよりも、ともかくもならん」
4 Aqidari（日葡辞書）

クハ思食立《おぼしめしたつ》ニカ。ワラワモ老タル親ニモ立離レ、幼《いとけな》キ子[1]ヲモ振捨テ、只一人付《つき》マヒラセタル甲斐モ候ワズ。ウキ目ヲミセムト思食《おぼしめす》ラムコソ口惜《くちをし》ケレ」ナド、カキクドキ、サマ〴〵ニナグサメ申ケレバ、「懐妊ノ身トナリテハ、死[2]ヲサル事遠カラズナド云《いふ》ナレバ、カヤウニ浪ノ上ニテアカシクラセバ、思ガケヌ波風ニ逢テ、心ナラズ身ヲ徒《いたづら》ニナスタメシモ有ゾカシ。縦今度《たとひこのたび》ヲ思延《おもひのべ》タリトモ、此者[3]ヲソダテ、打ミムヲリ〳〵ハ、昔ノ人ノミコヒシクテ、思ノ数ハマサルトモ、ワスル、時ハヨモアラジ。今ハナカ〳〵ニ見ソメミヘソメシ雲ノ上ノヨハノ契サヘクヤシクテ、彼《か》ノ源氏ノ大将ノ朧月夜ノ内侍ノカミ、紅徽殿ノホソ殿モ、我身ノ上トオボユルゾ」トヒソカニ宣ケレバ、此《この》四五日ハハカ〴〵シク湯水ヲダニモ見入給ワヌ人ノ、カヤウニコマ〴〵ト宣ヘバ、「ゲニ思立給事モヤ」トテ、「大方ハ、ゲニモサコソハ思食ラメナレバ、イカナラム海川ノ底ヘ入セ給トモ、ヲクレマヒラスマジキゾ。カマヘテウキ目ミセサセ給《たまふ》ナヨ」ト、涙モカキアヘズ申ケレバ、「此事サトラレテ妨ラレナムズ」トヤオボシケム、「是ハソレノ身ノ上ニ思ナシテモヲシハカリ給ヘ。別《わかれ》ノ道ノ悲サ、大方世ノウラメシサニ、身ヲモ投《なげ》バヤト云《いふ》事ハ世ノ常ノ事ゾカシ。サレバトテ、ゲニハ争《いかで》カ思モタツベキ。又適《たまた》マ人界《にんがい》ノ生《しやう》ヲ受タル者ニ、月日ノ光ヲダニモ見セズシテ失ワム事モ、カワユクモ有ゾカシ。縦何《たとひいか》ナル事ヲ思立トモ、争《いかでか》ハソ[4]コニシラデハ有ベキ。心安ク思給ヘ」ト宣テ、三位ノ筆ニテ書給タリケル猿衣《サゴロモ》[5]ノ有ケルヲ取出シテ、アワレナル所ヲヨミテ、忍《しのび》〱《しのび》ニ念仏ヲ申給ケレバ、「ゲニモ思延給《おもひのべたまふ》ニコソ」ト心安ク覚テ、御ソバニ有ナガラ、チトマドロミタリケルヒマニ、ヤワラ舟ノハタニ立給タレバ、漫々タル海上ナレバ、月オボロニカスミワタリテ、イヅクヲ西トハワカネドモ、月ノイルサヲ山ノハニ向テ、掌《たなごころ》ヲ合《あはせ》テ念仏ヲ申給ケル心ノ中ニモ、サスガニ、「只今ヲ限トハ、都ニハヨモシラジ。風ノタヨリモガナ。カクトシラセム」ト思《おもひ》ミダレ給ニ付テモ、ヲキノ白洲ニ鳴ク千鳥、トワタル海[6]ノ梶枕、カスカニキコユルエイヤ音《ごゑ》、イヅレモアワレニ聞ヘケリ。サテ念仏百返計《ばかり》唱テ、「南無西方極楽世界、大慈大

1 「ヲ」、底本「モ」。誤写と見て改めた。
2 「死ヲサル事」、長門本「死する事」
3 「ヲ」、底本「ウ」。誤写とみて改めた。
4 「ソ」、底本「ヲ」。改めた。この前後、長門本「いかてそこにしらせてはあるへき」、覚一本「そこにしらせずしてはあるまじきぞ」
5 「猿衣」、底本のまま。「狭衣」の誤写、あるいは当て字か。
6 「海」、「海人」あるいは「舟」とあるべきか。闘諍録「海人遠渡《ノトル》梶枕」、長門本「とわたるふねのかちこたへ」

悲阿弥陀如来、本願アヤマタセ給ワズ浄土ニ導給ヘ、アカデ別レシイモセノ中《なからひ》、一蓮《ひとつはちす》ノ身トナシ給ヘ」トテ、千尋《ちひろ》ノ底ヘ入給ヌ。

一谷ヨリ屋島ヘコギモドル夜半計《ばかり》ノ事ナレバ、人皆ネ入ニケリ。梶取《かんどり》一人見付奉テ、「コハイカニ。女房ノ海ヘ入給ヌ」ト訇《ののし》リケレバ、乳母子ノ女房打驚テ、「アハ、此《この》女房ノシ給ヌルヨナ」ト心ウクテ、傍ラ求レドモ人モナカリケレバ、「アレヤ〳〵」トサワギアワテケレドモ、阿波ノ鳴戸ノ塩ザカヒ、満塩引塩早《みつしほひくしほはやく》シテ、浮《うけ》バ沈ミ、沈《しづめ》バ流ル、ウシホニテ、立波引浪打懸《たつなみひくなみうちかかり》テ、鴨ノ上毛モウヅモレヌ。心ニ舟ヲモマカセネバ、ヲリシモ月ハヲボロナリ、衣《きぬ》モ白シ、波モ白カリケレバ、シラミアヰテ、シバシハ浮上リ給ヘドモ、ミワクル方モナカリケレバ、トミニモ取上奉ラズ。遙ニホドヘテトカクシテカヅキ上奉タリケレドモ、此世ニモナキ人ニ成給ニケリ。白キ袴ニ練緯《ネリヌキ》ノ二衣《ふたつぎぬ》引マトヒテ、髪ヨリ始テシヲ〳〵トシテ、僅ニ息バカリチト通《かよひ》給ケレドモ、目モ見アケ給ワズ。瞿麦《なでしこ》ノ露ニソボヌレタル様《やう》ニテ、死タル人ナレドモネ入タル人ノヤウニテ、ラウタクゾ見ヘ給ケル。乳母子ノ女房、手ニ手ヲ取クミ、貌ニ貌ヲアテヽ、泣々申ケルハ、「子ヲモ親ヲモフリステヽ、是マデ付奉タル志ヲモ知給ハズ、イカニ心ウキ目ヲバ見セ給ゾ。ゲニオボシメシタヽバ、波ノ底ヘモ引具シテコソ入給ハメ。片時《へんし》立離奉ムトモ思ハザリツル者ヲヤ。今[1]一度物一言《ひとことば》宣テ聞セ給ヘ」ト、モダヘコガレケレドモ、ナジカハ一言ノ返事ニモ及《およぶ》ベキ、僅ニ通給ツル息モ止《とどまり》テ事切《ことぎれ》ハテヽケレバ、見ル人袖ヲゾ絞リケル。

サルホドニ、朧ニ清《す》[2]メル月影モ雲井ニ傾キ、カスメル空モ明ユケバ、「サテシモ有ベキ事ナラズ」トテ、故三位ノ鎧[3]ノ一両残リタリケルヲ、浮《うき》モゾ上《あが》ルトテヲシ巻テ、又海ヘ返シ入テケリ。乳母子ノ女房ツヾキテ飛入ラムトシケルヲ、人集テ取留メケレバ、船底《ふねの》ニ臥シマロビテ、ヲメキ叫《さけぶ》事ナノメナラズ。悲ノ余リニ自ラカミヲ切ヲトシテケレバ、門脇中納言ノ子息ニ中納言律師忠快トテオワシケルガ剃テ、戒持《たもた》セラレテケリ。

三位、此《この》女房ノ十四ノ歳ヨリ見ソメ給テ、今年ハ十九ニゾナラレケル。片時

1 「一」、「今」と「度」の間に〇印、「一」と傍書。
2 「清メル」、「カスメル」とあるべきか。長門本「霞たる」
3 「鎧」、長門本「着背」、盛衰記「著長」、闘諍録「服背」、覚一本「きせなが」

モハナレ給ワジトハ思給ケレドモ、大臣殿ノ御聟ニテオワシケレバ、其方《そなた》ザマノ人々ニハ知ラセジトテ、軍兵ノ乗リタル船ニヤドシヲキ給テ、時々見参セラレケリ。三草山ノ仮屋ニテ見参セラレタリケルモ、此女房ノ事ナリケリ。中納言モ憑切《たのみきり》給ヘル嫡子越前三位、又乙子《おとご》ノナノメナラズ悲シガリ給ツル大夫業盛モ被レ討給[1]ニケレバ、方々《かたがた》被二歎入一タリケルニ、此北方サヘカク成給ヌル哀サイトヲシサニ、常ハ泣臥シテゾオワシケル。御心ノ内、サコソハ悲シカリケメト、ヲシハカラレテイトヲシ。薩摩守、但馬守ノ北方モオワシケレドモ、歎キニ沈ナガラ、サテコソヲワシケレ。昔モ今モ夫ニヲクル、人多《おほけ》レドモ、サマナドカウルハ世ノ常ノ事也、忽《たちまち》ニ身ヲ投《なぐ》ルマデノ事ハタメシ少クゾ覚ル。見ル人モ聞《きく》人モ、涙ヲ流サズト云《いふ》事ナシ。サレバ、忠臣ハ不レ仕二二君一、貞女[2]不レ嫁二両夫一ニト云ヘリ。誠ナルカナ。権亮三位中将[3]此《この》有様ヲ見給テ、「カヤウニヒトリ明シ晩《くらす》[4]ハナグサム方モナケレドモ、賢クゾ此人ヲ留置テケル。我モ引具シタリセバ、終《つひ》ニハカ、ル事ニコソアラマシ」ナド、セメテノ事ニハ思ツヾケラレ給ケリ。

七日、九郎義経一谷ニ押寄テ、卯剋ニ矢合《やあはせ》シテ、巳剋ニ平家ヲ責落シテ、棟《むねと》ノ人々ノ首、同《おなじき》十日京へ入《いる》。[5]「平氏ノ首共アマタ京へ入」ト罸《ののし》リアヒタリケレバ、平家ノユカリノ人々、京ニ残リ留リタル、肝心《きもこころ》ヲ迷《まどは》シテ、「誰《た》レナルラム」ト思アワレケルゾ糸惜《いとほし》キ。

其中《そのうち》ニ権亮三位中将惟盛ノ北方《きたのかた》、遍照寺ノ奥小倉山《をぐらやまの》麓大学寺ト云《いふ》所ニ忍テスミ給ケルモ、風吹《ふく》日ハ、「今日モヤ此人ノ船ニ乗タルラム」ト肝ヲケシ、今日軍《いくさ》ト聞《きこゆ》レバ、「此人ハウタレモヤシツラム」ト思ツルニ、「サテハ此《この》首共ノ中ニハヨモハヅレジ」ト覚スニモ、只《ただ》泣ヨリ外ノ事ゾナカリケル。「三位中将ト云人、生取ニセラレテ上ル」ト聞給ケレバ、「『少《をさな》キ者共ノ恋シサニ[6]忍ガタシ。イカヾシテ此《この》世ニテ相見《あひみむ》ズラム』ト返々《かへすがへす》云タリシカバ、同《おなじ》都ノ内ニ入タラバナド思テ、態《わざ》ト被レ取テ上ルヤラム」トサヘ、一方《ひとかた》ナラズ思乱テ臥沈ミ給ヘバ、若君、姫君モ同《おなじ》枕ニ泣臥給ヘリ。「首共ノ中ニモオワセズ。三

1 「三」、底本虫損。補った。
2 「貞」、「直」にミセケチ、「貞」と傍書。
3 「亮」、底本「助」。底本は以後巻末まで「権亮三位中将」。改めた。
4 晩クル（類聚名義抄）
5 「平」に「源歟」と傍書。
6 「三」、長門本「も」

位中将ト申《まうす》ハ、本三位中将ノ御事ナリ」ト人ナグサメケレドモ、猶誠《なほ》トモ思給ワデ、ヲキモアガリ給ワズ。若君ハ、「父ノ御事ニテハアラヌト申ゾ。御湯ヅケナレ。我モ食《くは》ム」ト、ヲトナシク宣ヘバ、ソレニ付テモ哀ニテ、「今度《このたび》ハヅレタリトモ、終《つひ》ニイカヾ聞ナサムズラムト思ヘバ、ナグサム心地モセヌゾ」ト宣ヘバ、若君、心ノ中ニモ、「ゲニモ」トヤオボサレケム、又ハラ〳〵ト泣給ヘバ、御前ナル女房共、涙ヲゾ流シケル。

卅一　平氏頸共大路ヲ被渡事

十三日、大夫判官仲頼以下《いげ》ノ検非違使、六条川原ニ出合テ、平氏ノ首ヲ武士ノ手ヨリ請取《うけとり》テ、東洞院ノ大路ヲ北ヘ渡シテ、左ノ獄門ノ木ニ懸ク。越前三位通盛、前薩摩守忠度、前但馬守経正、前武蔵守知章、前備中守師盛。大夫業盛、[1]大夫敦盛、此《この》人々二人ハ未《いまだ》無官ニテオワシケレバ、大夫トゾ申ケル。但《ただし》敦盛ノ首ハナカリケリ。越中前司盛俊ガ首モ被ㇾ渡ケリ。鳳闕ニ跌《あなうら》[2]ヲ踏シ昔ハ、怖恐ル《おぢおそる》輩《ともがら》多カリキ。衛衢《エク》[3]ニ首ヲ被レ渡《わたさ》ル、今ハ、哀憐《かなしみあはれ》マヌ者少シ。愛楽《あいげう》忽ニ変ズ。是ヲ見ム人、実ニ深キ心[4]ヲ得《う》ベキ者哉《かな》[5]。「首共各々大路ヲ渡シテ、獄門《ごくもんの》木ニ被レ懸ベキ」ヨシ、範頼、義経共ニ申ケレバ、法皇思食煩《おぼしめしわづらは》セ給テ、蔵人右衛門権佐定長ヲ御使トシテ、大政大臣、右大臣[6]、内大臣、堀川大納言等ニ召問《めしとは》ル。五人《ごにんの》公卿各《おのおの》申給ケルハ、「先朝《せんてうの》御時、此《この》輩、戚里《シヤクリ》[7]ノ臣トシテ久ク朝家ニ仕《つかへ》キ。就《なかんづくに》[8]レ中卿相ノ首、大路ヲ渡シテ獄門ニ被レ懸《かけらるる》事、未其例《いまだそのためし》ナシ。其上ハ範頼、義経等ガ申状《まうしじやう》、強《あながち》[9]ニ許容アルベカラズ」ト被レ申ケレバ、渡サルマジキニテ有ケルヲ、「父義朝ガ首、大路ヲ渡シテ獄門ニ被レ懸ニケリ。父恥《ちちの》ヲ雪《きよめ》ムガ為、君ノ仰ヲ重クスルニ依テ、命ヲ惜マズ合戦仕ルニ、申請《まうしこふ》所御免《ごめん》ナクハ、自今以後《じごんいご》何ノ勇ニ有テカ、朝敵ヲ追討スベキ」ト、義経殊ニ支申《ささへ》ケレバ、被レ渡テ被レ懸ニケリ。見ル人涙ヲ流サヌハナカリケリ。

1　「大夫」の上、二字分空白。
2　趺アナウラ（類聚名義抄）
3　「衛」の左に「マホル」、「衢」の左に「チマタ」とルビ。ともに削除した。
4　「深キ心ヲ得ベキ」、長門本「ふかく心得へき」
5　「者」、「先」にミセケチ、「者」と傍書。
6　「右大臣」、長門本「左右大臣」
7　「戚里」、ルビ底本のまま。「せきり」とあるべきか。「戚」に声点③、「里」に声点⑦。「戚」の左に「ヌスミ」、「里」の左に「キル」とルビ。ともに削除した。
8　就中ナカムツクニ（類聚名義抄）
9　強アナガチニ（類聚名義抄）

卅二　惟盛ノ北方平家ノ頸見セニ遣ル事

権亮三位中将ノ北方《きたのかた》ハ、「今度《このたび》一谷ニテ、平家残リ少ク被レ打給ヌ」ト聞給ヒケレバ、「イカニモ此《この》人ハノガレジ物ヲ」ト思給ケル余リニ、斎藤五宗貞、斎藤六宗光トテ兄弟アリケル侍ヲ召テ、「己等ハ無官ノ者[1]トテ、ハレノ共ヲバセザリシカバ、イタク人ニハシラレジト覚ルゾ。首共ノ渡サルナル中ニ、此人ノ首モ有カト見テ参レ」。「承リ候ヌ」トテ、サマヲヤツシ行テ見レバ、我《わが》主《しゆう》ノ首ハナケレドモ、有サマ目モアテラレズ。ツヽメドモ涙モレイデケレバ、人ノアヤシゲニ見ルモヲソロシクテ、無レ程帰参テ申ケルハ、「小松殿ノ君達ニハ、備中守殿計《ばかり》ゾ渡《わたら》セ給候ツル。其外《そのほか》ハ誰々」ト申ケレバ、北方聞給テ、「サレバトテ、スコシモ人ノ上トハ覚ヌゾヤ」トテ泣給ケレバ、斎藤五申ケルハ、「雑色トオボシキ男ノ四五人物見候ツルカゲニテ見候ツレバ、ソレラガ申候ツルハ、『小松殿ノ公達《きんだち》ハ、今度《このたび》ハ三草山ヲ固テオワシケルガ、一谷落ニケレバ、新三位中将殿、左中将殿二所《ふたところ》ハ船ニ乗テ讃岐地ヘ着給ニケリ。此備中守殿ハ、イカニシテ兄弟ノ御中ヲ離レテ打レ給ニケルヤラム』ト申候ツレバ、

『サテ権亮三位中将殿ハイカニ』ト尋候ツレバ、『其《その》殿ハ軍《いくさ》以前ニ御所労トテ、御船ニテ淡路ノ地へ着給ニケリトコソ承レ』ト申候ツル」ト申ケレバ、北方宣ケルハ、「穴《あな》心ヅヨノ人ノ心ヤ。所労アラバ、『カウコソアレ』ト、ナドカ告ザルベキ。軍ニアワヌホドノ所労ナレバ、大事ニコソ有《ある》ラメ。思歎《おもふなげき》ノツモリニヤ病ノ付ニケルコソ。都ヲ出デ、ヨリ、我身ノワビシキト云《いふ》事ヲバ、一度モイワズ、『只少者《をさなき》共コソ心苦《こころぐるし》ケレ。終《つひ》ニハ一所《いつしょ》ニコソスマセウズレ』トノミナグサメシカバ、サコソ憑ミタルニ、サテハ身ノ煩ヒケルニコソ。皆人モ具スレバコソ具シタルラメ。野ノ末、山ノ末マデモ、一所ニ有《あら》バ互ニ心苦サヲモナグサムベキニ、カヤウニノミナク悲シサヨ」トテ泣給ヘバ、「何ノ御病ゾトコソ聞《きか》マシカ」ト若君宣ケルゾイトヲシキ。「イカヾシテ人ヲモツカハシテ、慥《たしか》ニ聞マシ」トオボシケレドモ、打解《うちとけ》タレニ宣合《のたまひあはす》ベシトモ覚給ハネバ、カキクラス心地シテ、又涙モカキアヘズ泣給ヘリ。

中将モ通フ御心ナリケレバ、「都ニイカニオボツカナク思ラム。首共ノ中ニ

1 「者」、「先」にミセケチ、「者」と傍書。

モナケレバ、水底《みづの》ニ入ニケルトコソ思ラメ。風ノ便《たより》ハ有《あれ》ドモ、忍テスム所ヲ人ニ見セムモサスガナレバ、ウトカラヌ者[1]ニテコソ、一クダリノ文ヲモヤラメ」トオボシテ、ヘダテナク思ワレケル侍ヲ一人ヒソカニ出立《いでたたせ》テゾ上セ給ケル。「今日マデハ露命《つゆのいのち》モ消ヤラズ。少《をさな》キ人々何事カアルラム」ナド細々ト書給テ、ヲクニ、

イヅクトモシラヌナギサノモシヲグサカキヲクアトヲカタミトハミヨ[2]

ト書給ヘリ。心中ニハ思立給フ事モアレバ、「是計《こればかり》ニテゾ有ラムズラム」トオボシケルニ、涙ニクレテ、エツヾケアヘ給ワネドモ、「世ニナキ者トナリナバ形見トモセヨカシ」トテ、若君、姫君ノ御許《もと》ヘモ御文献《たてまつ》リ給フ。「コゾヨリミネバ、恋シサモ云《いふ》ハカリナシ。イカニヲトナシク、見忘ル丶ホドニナリヌラム。忩《いそぎ》迎取テアソバセムズルゾ。心細クナ思《おもひ》ソ」ナド、憑《たのも》シゲニ細々トカキ給ニ付テモ、「終《つひ》ニイカニ聞ナシテ、イカナル事ヲ思ワレムズラム」トオボスゾ悲シキ。

1　「者」、「先」にミセケチ、「者」と傍書。
2　「シラヌナギサノ」、覚一本「しらぬ逢せの」

平家物語第五本　十二巻之内

于時延慶二年己酉卯月十日、於二根来寺之内禅定院之住坊一、書二写之一。雖レ為二狂言綺語之誤一、為二観修因感果之道理一矣。穴賢々々不レ可レ有二外見一者而已。

（花押）

第五本・十二（本文五九頁）

この一文は、『史記』の漢高祖本紀や、項羽本紀にみえる逸話を例示するところである。漢の高祖が、項羽に先立って咸陽宮を攻め落としたが、やがて項羽がやって来ることを恐れ、「金銀珠玉ヲモ掠《かすめ》ズ、扉馬《ハキモノ》、美人ヲモ犯《をかす》事ナカ」ったとするのであるが、「扉馬《ハキモノ》、美人ヲモ犯《をかす》事ナカリキ」とある点が問題となる。「扉馬《ハキモノ》、美人ヲモ犯《をかす》事ナカリキ」とは意味をなさない一文と言わざるを得ない。「金銀」との対句表現から見ても、「扉馬《ハキモノ》」は少なくとも熟語でなくてはならないだろう。また、「美人」はともあれ、「ハキモノ」や「馬」を「犯」すというのは理解に苦しむ。諸本は次のようになっている。

○細馬美人をも犯さす（長門本巻第十六「義仲最後合戦事同頸渡事」）

○無㆘馴《ツ》㆓付《ル》皐《かう》馬美人《モ》㆒之事㆖（四部本巻九「義仲首渡」）

○軍兵美人ヲモ不㆑犯（盛衰記巻第三十五「兼光被誅事竝沛公入咸陽宮事」）

○細馬美人ヲモ犯サス（南都本第十「樋口次郎兼光被切事」）

○妻は美人をもおかさず（覚一本巻九「樋口被討罰」）

○闘諍録には記事なし。

延慶本の「扉馬《ハキモノ》」、および四部本の「皐馬」という漢字の字体と、長門本・南都本の「細馬」、覚一本の「妻は」という音読みとを勘案すると、延慶本は本来「犀馬」とあったものを誤写し、「ハキモノ」というルビを後で付したものであろうとみなされる。つまり、延慶本（応永書写本）の書本以前の本文は「犀馬」であったと推測できるのである。また、四部本も、

「皐馬」という語の実体が考えられない以上、「犀馬」の誤写と見なすべきであろう。

しかしそのように推定しても、「犯」との関係は依然明確にならない。

底本における「犯」の用例をすべて拾うと、

○女性を犯す（三例）、

○罪を犯す（十一例）

○戒律・法を犯す（三例）

○神を冒涜する（一例）

○貴人を殺す（三例）

○病気にさせる（一例）

○世を奪う（一例）

○「侵」に該当するもの（二例）

○星と星との接近をあらわす「犯」（一例）

が見えるのみで、「犀」や「馬」などといった動物を犯すという用例は一例も検出できない。そもそも咸陽宮に犀が飼ってあったかどうか不明であるが、そのような特殊な事柄をこのような場面で、義仲の所行と対比して普遍化して話題にすることも不思議である。義仲が洛中ではたらいた、非難されるべき狼藉として、比喩的に金銀珠玉を略奪することはあり得ても、そもそも日本で、犀を犯すことなど不可能なのである。とすれば、「犀馬」自体にも誤写を考えなくてはならなくなる。

「犀馬」と並置される美人というのは、いわゆる美人のことではなく、後宮におかれた女官の階級の名称である。「虞美人草」に名を残す、項羽の愛妾虞美人がよく知られている。

秦王大喜、伝以示二美人及左右一。（『史記』藺相如伝）

高祖問曰、「若何有。」対曰、「家貧。有レ姉能鼓レ琴。」高祖召二其姉一為二美人一。（『史記』万石君伝）

この名称は、秦の時代から明の時代にかけて用いられたようである。沛公が咸陽宮を攻略した後、美人を犯さなかったというのは、後宮の女性、美人の実態にかなうのである。

また、対句をなしている一方の、「掠」める対象物として「金銀珠玉」と、同類のものが重ねられている以上、「犀馬」も「美人」と同類のものでなくてはならないこと、そして「犯」という漢字との照応から考えると、この「犀馬」も美人と同様、後宮の女性を指しているとしか考えられない。戦闘において、敗軍の王宮を占領した後に行われる、勝った側の兵士の行為として考えられることは、当然、王宮の宝物を掠奪することと、後宮の女性を陵辱することである。ここもそういった意味であって、初めて文意にかなうのである。盛衰記を除くすべての諸本が、「さいは」あるいは「さいめ」と読める点からみて、ここは本来「采女」、つまり日本では「うねめ」と読まれる采女であったものと推測される。采女とは、

置二美人・宮人・采女三等一。（『後漢書』本紀・巻十上・皇后紀第十上）

臣竊聞、後宮采女五六千人。（『後漢書』列伝・巻六十二・荀韓鍾陳列伝第五十二・子爽）

而采女数千、食レ肉衣レ綺、脂油粉黛、不レ可二貲計一。（『後漢書』列伝・巻六十六・陳王列伝第五十六・陳蕃）

掖庭令一人、六百石、本注曰、宦者、掌二後宮貴人采女事一。（『後漢書』志・志第二十六・百官三・少府）

とあるように、後漢の後宮に美人とともに置かれた女官の階級の名称である。用例は『後漢書』に始まるが、『後漢書』には全部で八例の用例が見出せる（中央研究院の漢籍電子文献の全文検索による）。後宮の女性である「采女美人」と見なせば、「采女美人ヲモ犯事ナカリキ」となり、文意によくかなうのである。

延慶本には、

国母採女ハ流レ涙而凌二厳石一給、三公九卿ハ群寮百司ノ数々ニ奉レ従事モ無。

（第四・十二「尾形三郎平家於九国中ヲ追出事」）

国母菜女ハ東夷西戎ノ手ニ懸テ

（第六本・十六「平家男女多被生虜事」）

一天四海ヲ掌ニ拳リ、万人卿相普ク国母ト奉レ仰ノミニ非ズ。九重之裏、清涼紫震之床ヲ並ベ、后妃采女ニカシヅカレ給キ。

（第六末・廿四「建礼門院之事」）

とあるように三つの用例が見える。この「採女」「菜女」「采女」は、宛てる漢字は異なっているが、すべて采女のことと思われる。また第二中・八「頼政入道宮ニ謀叛申勧事付令旨事」に、

清盛法師并宗盛等、以二威勢一ヲ滅シ二帝王一ヲ、起シテ二凶徒一ヲ亡ス二国家一ヲ、悩シテ二乱百官万民一ヲ、掠メ二領ス五畿七道一ヲ。閉二籠シ皇院一ヲ、流二罪ス臣公一ヲ。奸クテ奪二官職一ヲ、恣ニ盗ム二超昇一ヲ。依レ之巫女不ハレ留ラ二宮室一ニ、忠臣不ハレ仕ヘ二仙洞一ニ。

（第二中・八「頼政入道宮ニ謀叛申勧事付令旨事」）

という文が見え、二行目の終わりの方に「巫女」とあるが、これは長門本では「妥女」とある。「宮室に留まらず」という文から見て、延慶本の「巫女」は誤写と考えられるが、長門本の「妥女」も、そのような単語は存在しないから、何らかの誤写が考えられる。字体の類似から見て、ここも「采女」の誤写と見なされる。このように、延慶本には、第五本（巻九）以外にも四例の「采女」の使用例のあることが注目される。これら四例の「採女」「菜女」「采女」「巫女」は、「国母」「后妃」と番えられ、「宮室」に住むと見なされる点からいって、日本でいう「うねめ」や単なる「女房」のことではなく、漢代に、美人とともに設置された後宮の女官の名称である。

このように、この章段に見える「扉馬」は本来「采女」とあったのであろうが、その、「采女」が書写の過程で「さい女」「さいめ」と誤られ、そこに「犀馬」が当てられ、あるいは長門本・南都本のように「細馬」があてられ、さらにその意味

「軍兵」（これは「犀馬」の誤読であろう）、覚一本の「妻は」が出現してしまったのであろう。

（前頁より続く）…盛衰記の「軍兵」の「犀《ハキモノ》馬」や、現存延慶本の「皐馬」や、四部本の「皐馬」が理解できないまま適当に漢字を当てたり、誤読したため、四部本の「皐馬」や現存延慶本の「犀《ハキモノ》馬」や、盛衰記の「軍兵」（これは「犀馬」の誤読であろう）、覚一本の「妻は」が出現してしまったのであろう。

第五本廿五（本文一一九頁）　直実書状

長門本（岡山大学本。句読点を補った）

直実謹言。不慮奉此君参会間、直欲決勝負刻、俄忘怨敵思、忽抛武意勇、剰加守護奉供奉処、雲霞大勢襲来、成落花過時、直実始参平家雖射源氏、彼多勢是無勢也、樊会還而縮慎養由芸。爰直実適得生於弓馬家、幸耀武勇於日域。謀廻洛西、怨敵靡旗冤敵。雖得天下無双名、群蚊虻成雷、蟷螂集如覆流車。愁引弓放矢、抜剣築楯命於奪、同方軍士、名於流西海浪。於世々繁々以非自他面目哉。雖然奉仰彼君御素意処、唯御命於早給直実、可奉訪御菩提由、頻被仰下間、落涙乍抑、不量給御頸畢。怨哉悲哉、此君与直実結怨縁於多生。歎哉痛哉、縁既深而奉成怨敵客。非彼逆縁者、争互功生死□可成一蓮自還而至順縁哉。然則自卜閑居地行、可奉訪御菩提。直実申状進否真偽、定後聞無其隠歟。以此旨可然様可有洩御披露候歟。誠惶誠恐謹言。

寿永三年二月八日　　　直実

進上　伊賀平内左衛門殿

源平盛衰記（慶長古活字本。句読点を補った）

直実謹言上。不慮奉参会此君之間、挿呉王得勾践、秦王遇燕丹之嘉直、欲決勝負之刻、依拝容儀、俄忘怨敵之思、忽抛武威之勇。剰加守護奉供奉之処、大勢襲来之間、始雖辞源氏参平家、彼多勢也、是無勢也、樊会之威還縮、養由之芸速約。爰直実適禀生於弓馬家、幸眩武勇於日域、廻謀落城、靡旗虐敵。雖天下無双之得名、如蟷螂合力而覆車、螻蟻一心而穿岸。憖挽弓放箭、空被奪愚命於同軍之戟塵、覃于憂名於傍輩之後代、自他背身之本望、非家之面目。然間奉仰此君御素意之処、早賜御命、可訪菩提之由、依被仰下、乍抑落涙、不謀而賜御頸畢。恨哉、此君与直実奉結縁於悪世。悲哉、宿運久萌、至今成怨讎之害。雖然飜此逆縁者、争互截生死之紲、不成一蓮之実哉。然則偏卜閑居之地形、懇可奉祈御菩提。直実所申真偽、定後聞無其隠候歟。以此趣、可有洩御披露候。恐惶謹言。

二月十三日　　　　　　　　　　　　直実状

進上　平左衛門尉殿

第五本廿五（本文一二二頁）　経盛書状

長門本（岡山大学本。句読点を補った）

今月七日、於摂州一谷、被討所敦盛死骸并遺物等慥送給畢。此事於花洛故郷ヲ、自漂西海浪上已来、思尽運命事、今更非可驚。自元望戦場上者、何在思返哉。会者定離ハ憂世ノ習、生者必滅者穢土ノ悲、尺尊スラ御子羅睺羅尊者ヲ悲給。応身権化、猶以如此。何況凡夫哉。則成親成子前世ノ契不浅。去七日、打出自朝其面影未離身。燕来囀無聞其声、双翅鴈飛帰不通音信。必定被討之由、雖伝承、未聞実否間、何風便聞其音信。仰天臥地、奉祈誓仏神、相待感応之処、七ケ日中、得見彼死骸、是併与仏天之処也。然則内信心彌銘肝、外感涙増催心浸袖。但生二度如帰来、又是同即活。抑非貴辺芳恩者、争得見之哉。一門風塵皆以捨之。矧於怨敵。尋和漢両朝、古今未聞其例。貴恩高、須弥山頗底。芳志深、滄溟海還而浅。欲進而酬過去遠々、欲退而報未来永々。万端雖多、難尽筆紙。併察之。恐々謹言。

同年二月八日　　修理大夫経盛

熊谷次郎殿

源平盛衰記（慶長古活字本。句読点を補った）

敦盛幷遺物等給候畢。此事自出花洛之古郷、漂西海之波上以降、兼所存也。今非可驚。故望戦場之上者、何有再帰之思哉。盛者必衰者無常之理也、老少前後者穢土之習也。然而為親為子、先世之契不浅。釈尊愛羅睺之存、楽天悲一子之別。応身権化、猶以如此。況凡夫争不歎哉。而去七日、自討立于戦場之朝、迄于後旅船之暮、其面影未放身。来燕之声幽、帰鴈之翅空。死生無告者而迷行方存亡。聞音信而知由緒。仰天伏地訴之、砕心焦肝祈之。偏仰神明之納受、併待仏陀之感応之処、於七日之内今見此之貌。仏神之効験有誠而不虚。内哀傷徹骨、外感涙洒袖。生而不劣再来、蘇而相同重見。抑非貴辺芳恩者、争今得相見哉。一門風塵猶捨退。況於軍徒怨敵人乎。訪和漢両国之儀、顧古今数代之法、未聞其例。此恩深厚須弥頗下、蒼海還浅。進酬自過去遠々、退難報未来永々者歟。万端雖多難尽筆紙。謹言。

二月十四日　　　　　　　　　　左衛門尉平公朝

熊谷次郎殿　　御返事

延慶本巻九　年表

凡例

・本年表は、延慶本巻九における歴史事項をまとめたものである。
・「和暦」「月日」「事項」については、延慶本本文の記述に従って配列した。諸記録との齟齬が確認できる場合であっても修正は加えていない。
・具体的な年月日が記載されていない事項は、前後の文脈を勘案して記載位置を決定した。
・「章段」には、その事項が記されている延慶本巻九の章段番号を明記した。
・「備考」には、諸記録から確認できる事項と依拠資料を摘記した。ただし延慶本の記述が諸記録とおおよそ一致する場合には、依拠資料のみを記載した。＊は年表作成者が加えた注記である。

西暦	和暦	月	日	事項	章段	備考
				平将門、相馬郡に都を建て、平親王と号す。	十一	天慶2（九三九）10・15（『扶桑略記』・『将門記』）。＊天慶2（九三九）11（『古事談』四）
九九〇	正暦元年	4	27	道兼、関白に任ずるも在任期間七日間のみ。	十一	長徳元年（九九五）4・27（『日本紀略』・『公卿補任』・『大鏡裏書』）。同5・2（『日本紀略』・『大鏡』・『栄華物語』）。＊七日関白の称は、5・2の慶申より薨去の5・8までをいう。底本「正暦元年」

西暦	年号	月	日	記事	巻	備考
						は「正暦六年（長徳元年）」の誤写か。
				鎌倉権五郎景正、左の眼を射られ、矢を抜かず答の矢を返す。	廿	（『奥州後三年記』）。＊後三年の役での出来事。永保3（一〇八三）～寛治元（一〇八七）の間となる。
				足利又太郎、宇治川を渡す。	七	＊闘諍録に「治承四年」とある。治承四年（一一八〇）5・23。巻四・十八に記事あり。
一一八四	寿永三年（元暦元年）	1	1	院の御所には拝礼行われず、節会のみ行われる。	一	（『百錬抄』・『玉葉』・『保暦間記』）。
		1	1	屋島の御所には四方拝もなし。	二	（『保暦間記』）。
		1		正月頃より、平家、一谷に城郭を構える。	十五	正月比（『一代要記』後鳥羽）。「正二月比」（『歴代皇紀』四）。
		1	10	義仲、平家追討のため西国下向を奏聞する。	三	（『保暦間記』）。＊覚一本「十一日」。長門本・闘諍録・盛衰記は平家追討のため門出するとの聞こえありとする。
		1	10	義仲追討の東国軍、由伊の浜にて勢揃え。	六	＊前後の記事の日付より見て、10日の勢揃は存疑。
		1		東国の軍勢、先陣は美濃国不破関、後陣は尾張国鳴海に到着する由、聞こゆ。	三	＊『百錬抄』8日条に「坂東武士令越来美濃伊勢等国」、『玉葉』5日条に「頼朝之軍在墨俣」、また同6日条に「坂東武士已越墨俣入美乃」との風聞を記

一一八四	寿永三年（元暦元年）					す。南都本は「廿日」とし、義仲死去まで日付を記さない。覚一本は13日に、美濃伊勢国に着くとする。
		1	10	義仲、宇治・瀬多の固めに親類郎従を派遣する。	三	＊『百錬抄』8日条に「義仲為二相禦一差二遣軍兵等一」、『玉葉』16日条に、近江国に派遣した郎従が帰洛した記事を載せる。覚一本「十三日」
		1	11	義仲、征夷大将軍に任命される。	四	10日（『帝王編年記』・『吾妻鏡』1・20日条）11日（『百錬抄』）、15日（『玉葉』）。
		1	17	義仲、河内の行家追討のため樋口兼光を派遣する。	五	19日（『玉葉』）。＊『一代要記』後鳥羽・『歴代皇紀』四に記事あるも、派遣の日時を記さない。長門本は派遣の日時を記さない。
		1	19	兼光、行家と合戦、行家は逃走する。	五	＊『吾妻鏡』21日条・『一代要記』後鳥羽・『歴代皇紀』四に記事あるも、日時を記さない。
		1	20	東国の軍勢、宇治・瀬多より京に入る。	七	（『尊卑分脈』・『百錬抄』・『玉葉』・『愚管抄』五・『吾妻鏡』・『醍醐寺雑事記』上之下・『帝王編年記』・『皇帝紀抄』七・『一代要記』後鳥羽・『歴代皇紀』四・『保暦

西暦	年号	月	日	事項	巻	備考
						間記』)。＊覚一本「廿日あまり」、四部本「廿六日」。
一一八四	寿永三年（元暦元年）	1	20	義経、院の御所に参る。	八	(『吾妻鏡』)。
		1	21	義仲討死する。	九	(『尊卑分脈』・『武家年代記裏書』)。20日(『公卿補任』・『百錬抄』・『玉葉』・『吾妻鏡』・『醍醐寺雑事記』上之下・『帝王編年記』・『皇帝紀抄』七・『一代要記』後鳥羽・『保暦間記』)。19日(『六代勝事記』)。＊底本、「廿日」とし、「廿」と「日」の間に「一」を加え、さらに「廿八日イ」と傍書し塗りつぶす。後補か。長門本・四部本・闘諍録・盛衰記「廿日」、覚一本「廿一日」。
		1	21	今井四郎兼平自害する。	九	20日(『保暦間記』)。
		1		樋口次郎兼光生け捕られる。	十	21日(『吾妻鏡』)。2・10(『一代要記』後鳥羽)＊『皇帝紀抄』七には、20日入洛、後日捕らえられるとある。『歴代皇紀』四に、2・10入京、鞍馬山に逃げ込み、後に捕らえられるとある。

年	年号	月	日	事項	巻・章	備考
一一八四	寿永三年（元暦元年）	1	22	師家、摂政を解任され、基通、摂政に還任する。	十一	（『公卿補任』・『百錬抄』・『玉葉』・『一代要記』後鳥羽・『歴代皇紀』四・慶長古活字本『保暦間記』）。25日（『保暦間記』）。＊四部本「廿四日」。
		1	26	義仲の頸、都大路を渡し獄門に懸けられる。	十二	（『百錬抄』・『吾妻鏡』・『醍醐寺雑事記』上之下・『帝王編年記』・『皇帝紀抄』七・『歴代皇紀』四・『保暦間記』）。＊覚一本「廿四日」、南都本「廿七日」。
		1	27	兼光、五条西朱雀で斬首。	十二	2・2（『吾妻鏡』）。＊『歴代皇紀』四に記事あるも、日時を記さない。覚一本「廿五日」、闘諍録「廿六日」。
		1		平家、屋島より移り、一谷に籠る。	十五	＊南都本「去ル正月廿八日ヨリ」、闘諍録「正月十日」。
		1		義経、鞍馬に参る。	十三	
		1	29	義経、平家追討のため西国に下向する。	十四	（『吾妻鏡』・『百錬抄』）。＊『保暦間記』は下向の奏聞ありとする。『玉葉』は26日に出門、29日に下向とする。闘諍録「寿永二年十二月廿九日」。底本巻は九・廿に2・4の発向記事を重複して載せる。

一一八四	寿永三年 (元暦元年)			通盛・教経、淡路に渡り、掃部冠者・淡路冠者を討ち取る。	十六	*『保暦間記』は淡路冠者の名のみ記す。
				通盛・教経、河野四郎通信と合戦。通信は逃走する。	十六	(『保暦間記』)。
				教経、阿万六郎宗益・園部兵衛重茂と合戦する。	十六	
		1		教経、河野四郎通信・緒方三郎伊能を攻める。	十六	
		2	4	平家、福原にて清盛の仏事を執り行う。	十七	(『吾妻鏡』・『保暦間記』)。
		2	4	福原にて叙位除目行われる。	十七	(『保暦間記』)。
		2	4	範頼・義経、平家追討に発向する。	廿	卯時(『保暦間記』)。 *闘諍録「卯時」、南都本「寅卯ノ時」、覚一本「辰の一点」。巻九・十四には、義経の京都発向を1・29とする。
		2	4	梶原平三景時、勝尾寺を焼く。	十八	
		2	4	義経、戌の刻に三草山の東の山口に到着する。	廿	(『保暦間記』)。5日(『吾妻鏡』)。 *本文「其日」とある。日時は前後の記事から推測。盛衰記・南都本は「其日」を4日とし、四部本・闘諍録・覚一本も4日と推測される。
		2	4	義経、丑の刻に三草山の西の山口を夜討にする。資盛等は淡路の由良に落ちる。	廿	5日(『保暦間記』)。5日夜半(『吾妻鏡』)。 *底本「同日(2・4と推測)丑尅」と

一一八四	寿永三年（元暦元年）					する。四部本「丑刻」、盛衰記「子丑刻」、覚一本「夜半ばかり」。
		2	5	教経、三草山の陣に援軍に向かう。	廿	（『保暦間記』）。
		2	6	範頼、酉の刻に摂津国生田森に着到する。	廿	＊四部本「同日（4日）」未刻に児屋野、闘諍録「同日（4日）申ノ尅」に小屋野、南都本「同日（4日）ノ申ノ剋」小矢野、盛衰記「次ノ日（5日）」昆陽野に陣を取るとする。覚一本「其日（4日）」申酉の剋に昆陽野、5日生田の森。
		2	7	熊谷父子、平山武者季重、一谷の先陣を争う。	廿	（『吾妻鏡』・『保暦間記』）。
		2	7	範頼、浜の手より一谷の城郭を攻める。	廿	（『吾妻鏡』）。
		2	7	梶原、一谷二度の懸で名を上げる。	廿	（『保暦間記』）。
		2	7	義経、背後の鉢伏蟻の戸より一谷の城郭を攻める。	廿	（『吾妻鏡』・『保暦間記』）。6日（『愚管抄』）。
		2	7	教経、須磨の関より淡路の岩屋に落ちる。	廿	（『保暦間記』）。＊『吾妻鏡』は遠江守義定に討たれたとする。
		2	7	後白河法皇、八条烏丸の御所にて平家追討のため、毘沙門天像を造立する。	十九	＊盛衰記は3日の記事を受け「其比」とする。
		2	7	越中前司盛俊討たれる。	廿一	＊『吾妻鏡』・『武家年代記裏書』等は一谷で討死した人々の中に名を記す。

一一八四	寿永三年（元暦元年）	2	7	一谷落城、先帝・女院・二位殿以下、船に逃れる。	廿一	一谷合戦、平家敗北（『百錬抄』8日条・『玉葉』8日条・『帝王編年記』・『皇帝紀抄』七・『皇年代略記』・『一代要記』後鳥羽・『歴代皇紀』四・『六代勝事記』・『保暦間記』）。
		2	7	薩摩守忠度討たれる。	廿二	*『吾妻鏡』・『武家年代記裏書』・『保暦間記』は一谷で討死した人々の中に名を記す。
		2	7	本三位中将重衡生け捕られる。	廿三	（『百錬抄』8日条・『吾妻鏡』・『皇帝紀抄』七・『一代要記』後鳥羽・『歴代皇紀』四・『六代勝事記』・『保暦間記』）。
		2	7	武蔵守知章討たれる。	廿四	（『吾妻鏡』）。*『保暦間記』・『武家年代記裏書』等は一谷で討死した人々の中に名を記す。
		2	7	新中納言知盛、一谷の海上に逃れる。	廿四	（『歴代皇紀』四）。
		2	7	大夫敦盛討たれる。	廿五	
		2	7	備中守師盛討たれる。	廿六	*『保暦間記』・『武家年代記裏書』等は一谷で討死した人々の中に名を記す。
		2	7	越前三位通盛討たれる。	廿七	*『保暦間記』・『武家年代記裏書』等は一谷で討死した人々の中に名を記す。
		2	7	大夫業盛討たれる。	廿八	*『保暦間記』等は一谷で討死した人々

西暦	年号	月	日	事項	巻・頁	備考
						の中に名を記す。
一一八四	寿永三年（元暦元年）	2	7	平家の頸千二百余、竹を結い渡して懸けられる。	廿九	
		2	8	直実、敦盛の頸と書状を経盛に送る。	廿五	＊盛衰記は書状の日付を「二月十三日」とする。『吾妻鏡』13日条・『武家年代記裏書』に、入京した頸のなかに敦盛の名を記す。
		2	10	平家の人々の頸、京に入る。	卅	＊『玉葉』10日条・『吾妻鏡』11日条に、頸を渡すか否かの論議のあったことを記す。南都本「七日」、覚一本「十二日」。
		2	13	平家の人々の頸、都大路を渡され獄門に懸けられる。	卅一	（『百錬抄』・『玉葉』・『吾妻鏡』・『帝王編年記』・『皇帝紀抄』七・『一代要記』後鳥羽・『歴代皇紀』四・『保暦間記』）。12日（『武家年代記裏書』）。＊南都本「十一日」。
		2	13	維盛の北の方、斎藤五・斎藤六に維盛の頸を確認のために遣わす。	卅二	
		2	13	直実の書状および敦盛の頸、経盛のもとに届けられる。	廿五	
		2	13	通盛の北の方、小宰相局入水する。	卅	＊『保暦間記』に記事あり。ただし日時を記さない。
		2	14	経盛、返書を直実に送る。	廿五	＊長門本は返書の日付を「二月八日」と

する。

谷口耕一（たにぐち・こういち）

1947年生。

千葉大学人文学部人文学科卒業。

三重県立桑名西高等学校教諭。

［論文］「西行物語の形成」（『文学』46巻10号）

「『平治物語』諸本・本文研究の課題」

（軍記文学研究叢書『平治物語の成立』）

「延慶本平家物語における湯浅権守宗重とその周辺」

（『語文論叢』26号）

ほか。

校訂延慶本平家物語 (九)
平成十五年五月三十日発行
編者　谷口耕一
発行者　石坂叡志
整版　株式会社 中台整版
印刷　モリモト印刷株式会社
発行　汲古書院
〒102-0072 東京都千代田区飯田橋二－五－四
電話 〇三(三二六五)九七六四
FAX 〇三(三二二二)一八四五
第五回配本
©二〇〇三
ISBN4-7629-3509-3 C3393